unpublished_2

Ulrike Damm

Ich bin nicht müde, ich bin verrückt / Erzählung

damm und lindlar verlag

Für meine Mutter

Wie macht man's richtig, das Leben?
Und wenn es genug ist und man alt wird,
Bilanz zieht, müde ist …
Sucht man sich eine Krankheit?
Und welche nimmt man; eine, die zu dem
passt, wie man gelebt hat?
Die Krankheit bringt einen zumindest raus.
Ja, das tut sie.

Man muss mit dem
auskommen,
Was man hat.
Das ganze Leben besteht
darin,
zu hoffen,
dass es mehr ist.

Irgendwann wusste sie, dass ihr Ende anders sein würde als das Ende der anderen. Ihr Ende würde vor dem Ende des Endes sein. Wenn es tatsächlich ein Spiel war, das es, wie alle Spiele, zu gewinnen galt, dann war es ein Scheißspiel. Es kam von irgendwoher, und Augustine war mittendrin. Unklar, wer die Regeln bestimmte. Vielleicht der liebe Herrgott, der mit einer Prüfung aufwartete, die einem dann, bei entsprechend glänzender Meisterung, zu höherer Einsicht und zum Verweilen in wolkigen Himmelssphären verhalf. Eine Vorstellung, die Augustine nie mit dem Verlust ihrer Worte hätte bezahlen wollen. Sie spielte also um ihren eigenen Kopf. Wenn sie verlor, verlor sie ihr Hirn, ihre Erinnerung, ihre Sprache. Den Gegner, den Wüterich, den Zerstörer – sie kannte ihn nicht.

Augustines Freundin Johanna hatte vor einiger Zeit ihren Hund in einem Restaurant sitzen lassen. Er hatte sich nicht beschwert und sich durch nichts bemerkbar gemacht. Als Johanna nach ein paar Minuten aufgeregt zurückkam, war der Hund nicht mehr da. Vergessen ist verlieren. Es ist dasselbe. Alles mit der Vorsilbe ver ist vorbei – es müsste eigentlich verbei heißen, dachte sie. Verlieren wollte sie nicht. Das hatte sie mit ihrem Sohn Richard gemein, der die Bretter durch die

Gegend schmiss, wenn es nicht gut für ihn lief. Das passierte selten, denn jemandem, der nicht verlieren kann, dem macht man Platz, um das kommende Unheil zu vermeiden. Man will, dass er gewinnt, damit es nicht unangenehm wird. Wenn Augustine verlor, war sie unwirsch. Und auch das versuchte man zu umgehen. Verlieren ist einfach dumm. Es geschieht aus Abwehr. Vergessen ist anders. Man hat vielleicht zu viel im Kopf, und da vergisst man Unwichtiges; es bleiben ein paar Dinge auf der Strecke, die nicht der Rede wert sind. Man vergisst auch, weil man nicht will. Schlichte Lustlosigkeit; keine Lust mehr auf dieses ewige Spiel mit vorhersehbaren Abläufen. So wie man nicht hört, was man nicht hören will, oder nicht sieht, was man nicht sehen will; eine Entscheidung, die man heimlich trifft und bei der man sich Überflüssigem entledigt. Manchmal ist es der einzige Ausweg, einen Moment für sich zu haben. Vergessen ist nicht schlimm. Jeder hat schon mal vergessen und jeder verzeiht es dem anderen. So ist das doch.

Seit einiger Zeit blieb sie morgens länger im Bett. Sie lag mit geschlossenen Augen und dachte über einzelne Worte nach. Außerplanmäßig war so ein Wort. Dinge, die außerhalb des Plans lagen, machten ihr Unbehagen. Auch Walther ging es so. Sie versuchten den Plan einzuhalten, jeden Tag. Außer Plan hieß Ausnahme, hieß unvorbereitet sein, hieß Ungewissheit, hieß offenes Ende. Der tägliche Plan war festgelegt in allen Einzelheiten, und oft wusste sie ihn nicht. Walther schon. Manchmal fragte sie, und er klärte sie auf. Sie erinnerte sich nicht an einzelne Planschritte, obwohl es immer die gleichen waren. Vielleicht gerade deshalb. Wenn man das Unbehagen aushalten könnte, vielleicht würde man dann mehr erinnern. Die Augen waren noch zu. Was spielt das für eine Rolle: Ob die Augen nun geöffnet oder geschlossen sind, alles, alles was hinter dem Bemühen steht, es schön zu machen, liegt schwer im Kopf. Sich waschen, sich schön anziehen, hübsch den Tisch decken, lieb und freundlich miteinander reden, das schöne Geschirr spülen, aufräumen, einen schönen Spaziergang machen. Schön, was sollte das überhaupt sein? Alle streben danach und alle sterben daran; verrecken in ihren selbst gezimmerten Rosenbetten, weil sie zu blöd sind zu erkennen, dass da überall Dornen sind in diesem herrlichen Rosenleben. Aber wenn der Sinn nichts mit dem Schönen zu tun hat, was ist dann der Sinn? Das Schöne ist das Behagliche, das Heimische, das Gewohnte, das Ruhige, das Vertraute. Das Schöne ist das Gewesene, und das Gewesene liegt zurück. Das Nach-Vorne ist die

Angst, das Ungewisse, das Neue, das Unbekannte. Das Bewahren, das Dranbleiben, das Um-die-Sache-Wissen steht gegen das Fragen, das Ausprobieren, das Entdecken. Augustine hatte sich schon lange für das Gewesene entschieden, das Horten, das Ansammeln, das Festhalten, das Aushalten. Walther für das Durchhalten, das Abarbeiten, das Hinter-sich-Bringen, das Abhaken. Beides verschieden – aber immer das Gewesene; und alle wissen doch: Das ist aussichtslos. Walther kam ins Zimmer. Er setzte sich auf die Bettkante und nahm ihre Hand. Nein, sie schlief nicht, sie dachte nach. „Über was denkst du nach?" fragte er. „Darüber, dass ich keinen Plan habe", sagte sie leise. „Mach dir keine Sorgen, ich habe einen." Er drückte ihre Hand, und sie lächelte. Zwei Leute teilen sich ein Leben, sie fahren auf demselben Ticket. Augustine stand auf und ging an Walther vorbei ins Badezimmer. Sie machte die Tür zu und setzte sich auf den Rand der Badewanne. Zwei Leute teilen sich ein Leben. So ist das. Sie schloss die Augen. Der rote Lebensmut floss aus den Adern und rann über ihren Körper auf den Boden. Warm war es, und dann hatte sie keine Farbe mehr auf der Haut. Aber die Füße standen im Blut, und das war angenehm. Gleich floss das Blau aus ihren Augen, aber es hatte auch keine Farbe. Die Farben waren weg. So war das. Walther klopfte an die Tür. Es gab da jetzt diesen Graben. Er lag zwischen ihr und den anderen. Das war immer schon so, aber jetzt war dieser Graben tiefer als sonst. Es gab keinen Übergang, an keiner Stelle; und es gab keinen Kontakt, keine Verständigung. Jeder sprach nur über seine eigenen Vorstellungen, aber oft waren die zu einem Brei verklebt, in dem einzelne Vorlieben nicht mehr herauszuschmecken waren. Der Graben füllte sich von Tag zu Tag mehr, und manchmal stieg fauliger Geruch in Augustines Nase. Da war all der unausgesprochene Modder drin, den die Leute aussonderten, weil die Faulheit ihrer vorproduzierten Massen-Gedanken stank. Es wurde alles übernommen – Gedanken blieben, wie sie immer waren, schwebten tausendfach im Raum und blockierten die Offenheit des Herzens.

Viele Gedanken von früher fielen über Augustine her. Sie schossen wie Blitze in ihr Hirn. Und plötzlich war Onkel Leo da und Augustine ein Kind. Onkel Leo war ihr Patenonkel. Er war Jude und kam oft zu Besuch. Tante Marie, seine Frau, war keine Jüdin. Manchmal, wenn sie da waren, wurde leise gesprochen. Augustine mochte das nicht, sie mochte keine Heimlichkeiten. Aber die Erwachsenen tuschelten trotzdem, und die Kinder tuschelten mit. Es war alles ein bisschen unheimlich. Wenn jemand an der Wohnungstür klingelte, musste sich Onkel Leo im Schrank des Kinderzimmers verstecken. Onkel Leo dachte, Jesus würde noch kommen, dabei war er doch schon wieder im Himmel. So wusste es Augustine. Die Mutter sagte, es sei egal, woran man glaube. Ob Jesus nun schon da war oder nicht, spielte keine Rolle. Wann er wo gewesen ist, sie wisse es nicht, sie sei ja schließlich nicht dabei gewesen. Ein Freund sei ein Freund, und damit war Onkel Leo immer willkommen. Er hatte einen Stern am Mantel. „Das haben alle Juden", erklärte er. „Die müssen den haben." Augustine wollte auch einen Stern. Onkel Leo hatte an jedem Mantel einen! Tante Marie sagte, eine Sonne sei doch viel schöner, und die habe keiner, und dann stickte sie für Augustine eine gelbrote Sonne auf ein schwarzes Stück Stoff. Augustine war glücklich. Die Sonne konnte mit einer Sicherheitsnadel an jedes Kleid gesteckt werden. Die Mutter wollte nicht, dass Augustine die Sonne außen trug. Nur innen durfte sie sie tragen, und das machte sie auch. Sie trug ihre Sonne innen, so wie Onkel Leo seinen Stern außen trug. Eines Tages kam Onkel Leo nicht mehr. Tante Marie sagte, er sei mit dem Zug irgendwohin gefahren, aber als Augustine fragte, warum sie denn nicht mitgefahren sei, weinte sie. Von da an lag Tante Marie den ganzen

Tag bei ihnen im Wohnzimmer auf dem Sofa. Auch nachts schlief sie da. Wochenlang. Vielleicht hatten sie sich gestritten, und er hatte sie einfach nicht mitgenommen. Augustine fand es nicht richtig, dass man ihr nicht sagte, wo Onkel Leo hingefahren war. Sie war doch schon elf.

Jahre später kam Onkel Leo wieder. Er sah ganz anders aus. Die Wangen wölbten sich nach innen, als würde er immer an einem Strohhalm saugen. Den Stern hatte er auch nicht mehr, keinen einzigen Stern, und als Augustine ihm die Sonne schenkte, weinte er, vielleicht vor Freude. Als Augustine 14 Jahre alt war, sagte die Mutter, dass Vater gefallen sei, der einzige Mensch, der sie verstanden, der sie geliebt hatte. Die Mutter hätte fallen sollen, nicht er, aber die blieb und liebte den großen Sohn, ihren Bruder. Er sollte Klavier spielen, er sollte studieren, nicht sie, nicht die Tochter. Monatelang weinte sie laut. Die Mutter leise. Augustine war die Älteste, der Bruder der Wichtigste. Medizin hätte sie gern studiert. Mit dem herben Interesse einer Analytikerin, weniger mit der Anteilnahme eines Mitmenschen. Den nötigen Abstand also hätte sie gehabt, die Sachlichkeit auch. Aber sie wurde Sekretärin. Und jedes Mal, wenn sie irgendwo gearbeitet hatte, wurde sie zur Chefsekretärin befördert. Sie war gut im Schreiben und Organisieren. Und sie sprach Englisch und Spanisch. Mit über vierzig hatte sie Sozialpädagogik studiert, für Medizin fühlte sie sich zu alt, also widmete sie sich diesem Modefach, das dem Blick der Familie nicht standhielt. Umso ernster nahm Augustine es selbst. Ihr Bemühen empfanden andere als kategorisch und lächerlich und hatten ihr Vergnügen dabei. Die Zwanghaftigkeit war schuld. Das Bürgertum vermummt in protestantische Regeln. Verkrampfung. Alles die gleiche Ursache. Augustine wusste das, konnte es aber nicht ändern. Sie wollte nur gut sein. Beruf, die Mutter, Männer, Familie. Die Sprache war Verkrampfung, und wegen der ewigen Verkrampfung kamen die Worte jetzt nicht mehr. So war das. Eigentlich war alles verkrampft. Worte und Menschen. Nur Augustines Mutter nicht. Sie war eine beachtliche Frau, aber so beachtlich sie auch war, sie liebte nur den Sohn. Sie verstand nicht, warum es Augustine so wichtig war, dieses Studium zu machen, jetzt, in ihrem Alter noch.

Augustines Mutter war groß und schön. Sie hatte Menschen etwas zu sagen und konnte sie für sich gewinnen. Ihre Originalität und Bildung waren außergewöhnlich. Beides lebte sie aus. In der Familie war sie diejenige mit dem meisten Talent zur Freiheit. Sie wohnte in einer Wohnung, groß wie ein Haus. Sie wohnte dort nur mit ihrer Haushaltshilfe, und man fragte sich, wie sie sich dieses Leben hatte leisten können über all die Jahre mit fünf Kindern, ohne Mann. Aber über Geld wurde nicht gesprochen, weil unfein, und als es Grund zur Sorge gab und man doch darüber sprach, sprach man nicht darüber. Man lebte einfach weiter, und irgendwann erledigte sich die Sache. Wie das immer wieder gelang, wusste Augustine nicht. Es blieb geheim, denn es ging darum, immer elegant zu bleiben, nicht zu klagen, nicht die Fasson zu verlieren, nicht zu betteln. Es würde sich mit Eleganz schon fügen, und es fügte sich auch. Einmal, Augustine lebte schon mit Walther, kam Augustine überraschend am Morgen zu ihrer Mutter. Sie war noch nicht angezogen, ruhte noch im Nachthemd auf dem dunkelroten breiten Sofa. Bücher lagen wie immer um sie herum, und sie stand zunächst nicht auf. Sie setzte sich nur auf die Sofakante, nahm aus der Tischschublade einen großen Korallenring und steckte ihn an ihre schmale Hand. Dann kämmte sie mit der Bürste aus der Handtasche ihre grauen Haare flott nach hinten. „Gib mir doch mal meinen Kimono." Lila, mit großen orangefarbenen Blumen, hing er an der Tür. Im Sitzen hängte sie sich das malerische Seidenmonster über die Schultern.

Dann ein bisschen Rouge auf die Wangen und Lippenstift. Schließlich steckte sie sich eine Zigarette an. Es war die Selbstverständlichkeit, mit der sie ihre Mittel nutzte. Diese Eleganz war nicht zu übertreffen. Man konnte nur an ihr scheitern. Und das tat man auch.

Man muss mit dem auskommen, was man hat. Das ganze Leben besteht darin, zu hoffen, dass es mehr ist.

Wenn ein Mann den Raum betrat, hob Augustines Mutter den Kopf und rief: „Setzen Sie sich doch zu uns, junger Mann!" Die Mutter rückte augenblicklich zur Seite, mit der flachen Hand tätschelte sie den Platz neben sich und markierte damit, dass er sich dort hinsetzen sollte. Er, wer auch immer er war, ob Freund, Cousin oder Unbekannter, sprang beflissen auf den ihm angewiesenen Platz, und Augustine rückte an den Rand. Das Gespräch mit der Mutter war zu Ende.

Früher opferte Augustine viele Abende dem Nicht-mehr-Wollen. Früher, das war, als sie noch mit Harald und den Kindern in ihrem beschaulichen Haus lebte. Morgens erwachte sie voller Tatendrang. Zeit zu verlieren, war nicht hinnehmbar. Als sie noch im Büro arbeitete, nannte man sie Fred. Die Finger tanzten so flink über die Schreibmaschinentastatur wie Fred Astaires Füße über den Tanzboden. Sie war die Beste. Wer die Beste sein will, denkt immer ans Ende. Später, als sie studierte und diese Massen an Ansichten und Deutungen irgendwelcher Geistesgrößen in sich hineinfraß, war sie auch die Beste. Im Laufe der Jahre kam vieles dazu, und so vollgestopft, wie der Kopf schließlich war, musste ausgemistet werden. Sie wusste also zu vergessen – vielleicht war es das.

Die Angst vor den Abenden begann im Zusammenleben mit Harald. Alle in ihren Zimmern und Augustine dazwischen, irgendwo. Sie saß dann unten, die Flasche versteckt in der Küche. Sie vertrug nicht viel, aber genug, um die Stille des Abends zu vergessen, in der sie keinen Ort hatte. Der Tag war immer so üppig mit genutzter Zeit gefüllt, dass er abends wie ein praller Sack platzte. Versuche und Bemühungen, Hoffnungen und Anstrengungen flogen durch die Luft. Sie selbst saß wie vergessen. Die Brocken des Tages lagen vor ihr auf dem Boden. Kostbare Zeit, traurige Zeit.

Diese Abendstunden hätten Augustines Zeit werden können. Aber es ging nicht – die Brocken auf dem Boden verstellten ihr den Weg. Sie brachten die Wahrheit zutage. Die Wahrheit darüber, dass sie nicht wusste, was sie tun sollte. Den Tag über stand sie im Dienste irgendeiner sinnlosen Ordnung, und plötzlich sollte es darum gehen, die Zeit für sich zu nutzen.

Sie, die Zeitverschwendung hasste, kam mit der vielen Zeit, die der Abend brachte, nicht zurecht.

So schwebte sie nie leicht und unbekümmert durch die Welt, sondern stampfte mit mittelgroßen, aber viel zu kleinen Schritten irgendeinem Ziel entgegen, das sie nicht kannte, das deshalb unerreichbar war. Das Streben nach Höherem hörte niemals auf. Benennen der Ansprüche ging gut, für sich selbst und für andere. Verwirklichen ging nicht, weil ihr die Unbekümmertheit und die Einsicht darüber fehlten, dass es nicht das verkrampfte Wollen, sondern das beschwingte Machen war, was half. Mit Bewunderung und Verachtung sah Augustine auf Menschen, die mit ihren unterentwickelten Talenten andere mit literarischen oder musikalischen Versuchen behelligten. Aber um diese Anmaßung, andere zum Aufhorchen zu bringen, beneidete sie diese Menschen auch. Sie wusste, dass alles, was sie zu sagen gehabt hätte, schon in guter und besserer Form gesagt und geschrieben worden war. Ihr Zutun war überflüssig. Und da es, wenn überhaupt, nur die Sprache gewesen wäre, mit der sie etwas Außergewöhnliches hätte leisten wollen, sie aber nicht schrieb, blieb es beim heimlichen Versagen und beim Trinken schlechten Weins. Um fünf Uhr nachmittags fing sie an. Es dauerte nicht lang, und sie spürte die Wirkung. Sie wollte vergessen. Damals brauchte sie noch dieses Mittel von außen, um das Vergessen zu erreichen, später geschah es von selbst. Sie versteckte die Flaschen unter der Spüle, ging immer wieder in die Küche und machte sich weis, die anderen würden nichts merken. Einmal, als Robert zehn Jahre alt war, fand er eine Flasche. Er nahm sie heraus, und Augustine lief hinter ihm her, um sie sich zurückzuholen. Erst war es lustig. Dann nicht mehr. Robert hielt die Flasche hoch, und Augustine konnte sie ihm entreißen. Plötzlich war Geschrei. Er sprang an ihr hoch und griff nach der Flasche. Augustine hielt sie am ausgestreckten Arm in die Luft. Dann ließ sie los, und die volle Rotweinflasche knallte auf die Spüle. Irgendwann stand eine neue Flasche auf dem Tisch. Zwei Stunden später war die Flasche leer. Augustine hing nur noch im Sessel, die Augen glasig, halb geschlossen. Sie war kaum noch ansprechbar. Gut so, alles gut so. Sie fühlte sich nicht schlecht, nicht gut, sie fühlte nichts, sie dachte nichts. Fortgeschrittener Abend, sie hing immer noch da, völlig zusammengesunken, die Zunge schwer, sprechen ging nicht mehr. Wer von der Familie zu Hause war oder gerade kam, schleppte sie die Treppe nach oben. Mit Mühe wurde sie ausgezogen, sie selbst half dabei so gut sie konnte, aber sie konnte nicht. Kicherte, weinte, jammerte, fiel zu Boden. Jeden Abend.

Und wenn doch mal Besuch kam: das Gleiche. Sie ließ das Trinken auch dann nicht und täuschte sich selbst vor, die anderen würden es nicht merken. Sie merkten es aber. Offen gesprochen wurde darüber nie. Harald wusste es, die Kinder auch, die Nachbarn, die Freunde, alle in der ganzen Familie. Nachmittags schickte Augustine eines der Kinder zum Wein holen. Das ging jahrelang abwechselnd, irgendwann weigerten sich die Jungs. Die Tochter traute sich nicht, und so ging sie mit der Tragetasche, um Wein zu kaufen. Jeden Tag. Sie wohnten damals auf dem Land. Der Laden um die Ecke war klein, jeder kannte sie. Und jetzt kam sie wieder in den Laden, wie jeden Tag, und wollte Wein. Fiel das nicht auf? Wussten es die anderen schon? Sprachen sie darüber, dass da eine Säuferin wohnte und dass das ihre Mutter war? Christiane, zwölf Jahre alt, betrat den Laden,

den Kopf gesenkt murmelte sie eine Begrüßung. Sie ging schlendernd im Laden umher, so als überlegte sie, was noch zu holen sei, blieb bei der Milchtheke stehen, nahm Butter, nahm Milch, und dann, ganz nebenbei, fiel ihr ein, dass sie noch ein bisschen Wein nehmen könnte. Nebenbei, darauf kam es an. Sie wusste nicht, wer es wusste. Sie hasste diese Gänge am Nachmittag. Sie hasste ihre Mutter dafür. Jeden Tag hasste sie sie. Für die Gänge, für ihre Schwäche, für die Abende. Und die Nächte. Manchmal kam Augustine nachts in das Zimmer der Tochter, die sofort erwachte, kaum dass die Mutter den Raum betreten hatte. Schon vom Bett aus konnte man den Alkoholdunst riechen, der aus Augustines Haut drang. Der fast schmerzhafte Geruch verbreitete sich übel im Zimmer. Sie sah die Mutter zum Bett wanken, die dabei meist an irgendein Möbelstück stieß. Mit angehaltener Luft lag Christiane bewegungslos im Bett, und der Schweiß kroch nass auf die Haut und wurde dann kalt. Der Kopf der Mutter beugte sich über den ihren. Eine ungelenke, weiche Hand tastete über das Gesicht der Tochter, die sich starr vor Entsetzen schlafend stellte. Der Tod hätte es nicht besser gekonnt. Niemals würde Christiane dieses Gefühl vergessen. Niemals die Nächte, in denen sie wach lag, voll von Scham und Ohnmacht und Wut. Wut, weil sie wusste, dass das, was da passierte, ungut war, und weil die Mutter nichts tat, um dem Unguten endlich ein Ende zu setzen. Sie hielt die Luft an, bewegte sich nicht, aber sie sah durch die blinzelnden Augen, wie die Mutter bei dem Versuch, sich aufs Bett zu setzen, herunterrutschte auf den Boden. Dort saß sie dann, und der Kopf rutschte zur Seite. In ihrer Verachtung gefangen, rührte die Tochter sich nicht. Sie war froh, wenn die Mutter nicht zu sprechen versuchte: Wenn doch, war es nicht die feine Sprache, die sie kannte, es war ein unkontrolliertes Lallen irgendwelcher Wörter, ohne Zusammenhang, ohne Bedeutung. Minutenlang verharrten die beiden so beieinander. Viele Nächte. Warum kam die Mutter immer zu ihr? Tagsüber ging sie zu den Brüdern, nachts, wenn sie betrunken war, kam sie zu ihr. Was wollte sie? Warum machte sie das? Wenn das Schnarchen zu laut und der Gestank im Zimmer unerträglich wurde, sprang Christiane schweißnass aus dem Bett, schüttelte die Mutter und zerrte sie mühsam und lieblos aufs Bett. Alles Hass. Die Jungs hassten die Schwester für die Gänge, die sie machte, und die Mutter, weil sie soff. Der Vater hasste seine Frau für die verlorene Zeit und weil sie soff, und Augustine hasste sich selbst, weil sie soff. Dafür hassten sie alle. Und alle schwiegen darüber, jahrelang. Sie waren eine verhasste, verschworene Gemeinschaft, die nicht sprach und vor dem Unheil kuschte. Aber Augustine ließ es geschehen. Für Harald war diese Zeit eine Nichtzeit. Die Kinder in ihren Zimmern oder bei Freunden, die Frau oben in ihrem Bett, saß er jahrelang spätabends allein vor dem Fernseher. Nachts ging er hoch und legte sich neben seine betrunkene Frau. Aber er kam jeden Abend wieder nach Hause und wusste nicht warum. Wenn er weggeblieben wäre, es hätte niemanden gestört. Das Familienleben, zu dem auch er in den letzten Jahren wenig hatte beitragen können, war zerbrochen. Haralds Arbeit wurde mühsam, er hatte seine eigene Buchhandlung, und es lief schlecht. Das Konzept musste geändert werden und er wusste nicht, wie er das anstellen sollte. Seine Ratlosigkeit fand zu Hause kein Gehör, man interessierte sich nicht für ihn, und er verlor seine Selbstironie und damit die Fähigkeit, Abstand zu gewinnen.

Als sein Gram zu groß wurde, ging er bankrott, unter dem verachtenden Blick der Familie und erstickt im Mitleid seiner selbst. Er bediente damit das, was Augustine von ihm lange vorher schon gedacht hatte, er bediente das, was er selbst immer geahnt hatte, er bediente das, was er von seinem Vater gelernt hatte: dass er versagt hatte.

Augustines Angst war zuverlässig. Sie kam immer wieder, und die Zeitabstände, in denen sie kam, wurden gnadenlos kurz. Angst vor dem eigenen Leben. Nicht vor dem, was noch kommt, sondern vor dem, was schon war. Entkommen, dachte sie in wachen Momenten, entkommen. Sie musste sich Tabletten besorgen. Sie wollte ihre Freundin Marion fragen. Die kannte sich doch aus. Aber gegen die Kinder durfte niemand etwas sagen. Das war gefährlich. Wie eine Hyäne ging Augustine auf jeden los, der eine leise Beanstandung gegenüber einem ihrer Kinder äußerte.

Der Angriff gegen ihre Kinder war ein Angriff gegen sie selbst. Die Worte kamen dann windig durch den Mund. Man konnte das Zischen des Zorns hören und sehen, wie er zwischen den gefletschten Zähnen den Wind produzierte, den die Worte brauchten, um harsch zu sein. Dieser kalte Wind wehte häufig im Haus, und manchmal schlug er Türen zu, laut und unumkehrbar. Der Vulkan brach aus, wenn Augustine die Enge zu sehr spürte, wenn die Blicke der anderen auf sie blind und wertend waren.

Der Tag ist noch frisch. Augustine geht in den Garten. Sie zieht ihre Schuhe aus und läuft barfuß über die feuchte Wiese. Sie hat Zigaretten und

Kaffee dabei und setzt sich rauchend an den weißen Holztisch. Es ist der schönste Moment des Tages. Es könnte noch alles geschehen, und das ist herrliche Hoffnung. Hier, am frühen Morgen allein, gibt es nur das Alles-noch-vor-Sich, und das Alles wird erst im Laufe des Tages in enttäuschende Einzelteile zerlegt, in Fragen, die sie nie gestellt und in Antworten, die sie zu geben hat. Dieser schönste Moment ist kurz. Schon sieht sie Harald aus dem Haus treten. Winkend kommt er auf sie zu, und der schönste kurze Moment ist zu Ende, als er vor ihr steht und fragt, wann es Frühstück gibt. Sie wird ihm die Frage beantworten, indem sie mit ihm ins Haus geht und das Frühstück für alle vorbereitet. Sie wird die Frage nach dem rechtzeitigen Aufstehen der Kinder beantworten, die Frage nach Wurst oder Käse auf dem Schulbrot, nach Haralds Geschäftsterminen, nach dem, was es zum Mittagessen geben wird, sie wird die Frage nach den Hausaufgaben der Kinder beantworten, die Frage nach dem Geburtstag der Freundin und die Frage nach dem Nachtessen. Abends wird sie auf dem Sessel sitzen und so viel Wein trinken, bis die enttäuschenden Einzelteile des Tages vergessen sind.

So war das damals, als sie noch arbeitete, als sie noch mit der Familie lebte. Dank ihrer Disziplin hatte sie zwischendurch immer wieder aufgehört zu trinken. Mit Walther hörte sie ganz auf. Von einem auf den anderen Tag. Er wusste nichts davon. Sie trank nicht, aber das Lallen war trotzdem zurückgekommen. Vielleicht hat das Saufen ihr Hirn zerstört. Ihr lahmes Hirn, das jetzt zu nichts mehr in der Lage war und nur noch wenige Momente hatte, in denen es blitzte.

Vor einiger Zeit meldete sich ein alter Bekannter zurück, Marius, der in Deutschland war und Augustine und Walther treffen wollte. Er kam aus Norwegen. Sie hatten ihn vor sechs Jahren auf einer China-Reise kennengelernt. Er kündigte seinen Besuch an, und Augustine wunderte sich, dass er sich nach so langer Zeit wieder meldete. Sie fand ihn langweilig, und das Einzige, was die Bekanntschaft und die Zeit, die sie damals zusammen verbracht hatten, rechtfertigte, waren die jeweils unterschiedlichen Wahrnehmungen in fernem Land.

Marius besuchte sie in der Wohnung. Sie saßen beim Kaffee, als Augustine fragte: „Waren Sie schon mal in Frankfurt?" Er sah überrascht zuerst zu ihr, dann zu Walther. „Wieso, Marius war doch vor fünf Jahren schon mal hier, zusammen mit seiner Frau. Wir haben sie damals vom Flughafen abgeholt." Augustine erinnerte sich nicht. Das konnte nicht sein. In China ja, aber hier? „Wie lange, wie lange war er hier?" Augustine drehte sich zu Walther. Marius antwortete: „Meine Frau fuhr nach drei Tagen zu ihrer Mutter, aber ich blieb noch eine Woche. Wir wohnten sogar hier bei Ihnen." Dass der schon mal hier in der Wohnung gewesen sein sollte, und dann mit seiner Frau, von der sie sich überhaupt kein Bild machen konnte, war unbegreiflich. „Wir waren doch zusammen im Museum; hatten eine richtige Kulturwoche", sagte Walther wie ein Streber. Augustine stand auf und ging aus dem Zimmer. In der Küche setzte sie sich auf einen Stuhl hinter der Tür, um einen Moment allein zu sein und eine Zigarette zu rauchen. Da kam irgendein Fremder und behauptete, er habe eine Woche lang bei ihnen gewohnt; und Augustine wusste es nicht. Und nicht ansatzweise konnte sie sich an dessen Ehefrau erinnern. Sie mussten doch Englisch gesprochen haben … Es war ein Loch in ihrem Hirn, das sich ganz schön breit machte in letzter Zeit. Das Wort Kulturwoche allerdings gab Anlass zu der Vermutung, eine wahrscheinlich wenig aufregende Passage ihres Lebens vergessen zu haben. Kulturwoche klang grauenvoll. Sie ging ins Zimmer zurück und brachte Tee. „Tja, ihr Lieben, ich erinnere mich nicht.

Lasst uns noch ein bisschen reden, dann kommt es schon zurück." Walther lächelte. „Da", sagte Marius, „muss ich ja einen enormen Eindruck auf Sie gemacht haben, Augustine!" Sie ließ sich im Sessel nieder. Kein Wunder, dass der Geist ermattete bei so viel Belanglosigkeit. Und Walther war da auch keine Hilfe. Es blieb verkrampft und die Männer überspielten es mit Eifer, was alles nur mühsamer machte. Dann sahen sie sich Fotos von Marius' Familie an. Seine Tochter, sein Sohn, seine Frau. Sie war Lehrerin für Musik und Englisch, und Walther fragte nach, um das schleppende Gespräch in Gang zu halten. Augustine wusste nicht, ob sie diese Frau schon einmal gesehen hatte. Sie wusste es einfach nicht. Jahrelang hatte sie Gespräche geführt. Um sich verständlich zu machen, tauschte man sich aus. Dabei gab es zwei Möglichkeiten: Entweder sie machte sich klein und wurde belehrt – dann hörte sie gelangweilt oder als gelehrige Schülerin zu. Oder sie war selbst groß – dann dozierte sie mit harscher Stimme und Härte. Gespräche waren Schaukämpfe. Anstrengend und unbarmherzig. Welche Art von Barmherzigkeit hatte sich Augustine gewünscht? Nachsicht? Groß- oder Langmut? Zuhören? Zuwendung? Ein normales: Wie geht es dir? Stattdessen kam die Frage: Was liest du? Und wenn die Antwort in den Ohren der anderen zu unbedarft ausfiel, kamen vernichtende Blicke.

Dann war der Lehrerberuf Thema und die Schwierigkeiten, die dieser Beruf heutzutage mit sich brachte. Als würde man Zeitung lesen: Lauter richtige Sachen wurden da gesagt. Die Kinder von Marius studierten, und man sprach über ihre beruflichen Chancen in Norwegen und Deutschland. Augustine kochte noch einmal Tee und nutzte die Gelegenheit, allein in der Küche zu sein. Sie rauchte eine Zigarette und hörte die Männer sprechen. „Jeder vergisst mal was", flüsterte Marius, „das ist doch ganz normal." Augustine hasste es, wenn sie Anlass für Spekulationen und Einschätzungen war. Danke! Danke, dass ihr mich versteht. Dass ihr mich trotzdem ertragt, obwohl ich vergesse – was ja ganz normal ist –, aber danke trotzdem, danke, danke! Augustine kam mit Tee zurück ins Zimmer, und die beiden Männer saßen einig beieinander ohne zu sprechen. „Was macht denn ihre Frau beruflich?" fragte sie. Walther stand auf, nahm sie in den Arm und drückte ihren Kopf sanft an seine Schulter. „Sie ist Lehrerin. Für Musik und Englisch." „Ach ja." Augustine lächelte müde. Abends sagte sie: „Vielleicht ist mein Hirn einfach nur erschöpft von all dem vielen Kram, der zu nichts führt außer zu einer Tasse Tee." Nachts lag sie mit offenen Augen und dachte über den Abend nach. Ein unangenehmes Gefühl. Sie hatte vergessen, dass dieser Norweger schon einmal hier gewesen war mit seiner Frau. Der Kopf schafft nur noch kurze Strecken. Wie weit reicht das Denken noch für das, was wir erinnern nennen? Vielleicht war es doch kein Spiel, in dem der Gegner mit Zerstörung drohte. Es war vielleicht wirklich Erschöpfung oder Bequemlichkeit – wie bei den Leuten, die Krebs haben. Sie sind dann selbst schuld. Haben ja immer alles in sich reingefressen. Es hing also doch alles von einem selbst ab. Ein Scheißspiel war das. Verhaspeln. Was für ein schönes Wort. Man sah die Buchstaben purzeln und das Stolpern im Mund nahm zu. Worte verselbstständigten sich und machten irgendwas. Worte und Hirn waren sich nicht mehr einig. Augustine war wütend. Manchmal schmiss sie Worte in die Luft, und Gegenstände, was nichts änderte. Nachts weinte sie. Welche Dinge sind es wert, vergessen zu werden? Was ist ein schöner Tag? Früher war das, wenn die ganze Familie zusammen war, der Bruder mit seinen Kindern kam, wenn die Sonne schien und sich alles im Garten abspielte. Augustine hatte gekocht, der Tisch war draußen gedeckt, alle saßen drum herum, es war vergnügt und laut, und man verbrachte die Zeit, bis es dunkel wurde, zusammen. Das war ein schöner Tag. Schön war die Sonne, der blühende Garten, die Gesellschaft der Kinder und Familie, das Zusammensein. Das Schöne war, dass ihr lieber Mann Harald seine Bemerkungen über das Essen wie immer nicht hatte lassen können, dass die spröde Schwägerin es umso mehr gelobt hatte, wodurch es zum Thema wurde, dass der Bruder sie den ganzen Tag über scherzhaft überging, dass der Tag mit Auf- und Abräumen wie im Flug verhuschte ohne ein einziges Gespräch, dass Harald nachmittags mit heruntergezogenen Mundwinkeln das Haus verlassen hatte, weil ihm alles zu anstrengend war. Das Schöne, weit weg von ihr, war eine Idee von Familie, der sie seit Jahren hinterherkroch wie eine Raupe. Am nächsten Morgen lag Augustine matt im Bett, der Wein pochte noch in ihren Adern, und die schöne Fratze vom Vortag war verschwunden in einem schwarzen Loch, in dessen Dunkel nichts mehr zu erkennen war außer einem diffusen Gefühl von Emsigkeit für eine gemeinsam gelungene Sache, die man Familie nennt.

Als die Kinder jung waren, war auch sie jung; sie lebte mit ihren Kindern und liebte sie. Augustine liebte auch Harald, obwohl er ihr nicht gut tat. Sie ihm auch nicht. Die Kinder taten ihr gut. Sie waren Heimat, Liebe und Hoffnung. Die Liebe blieb bis zum Schluss, die Heimat wurde anders, die Hoffnung blieb auf der Strecke. Die Hoffnung war, dass die Kinder sie mitnahmen in ihr Leben und dass Augustine durch das Leben der Kinder selbst ein anderes würde führen können. Aber so war das nicht. Jeder führte sein eigenes Leben, mit anderen Menschen, die fremd waren und plötzlich Familie hießen. Im Leben der Kinder gab es neue Hoffnungen mit neuer Heimat, und Augustine bekam das, was übrig blieb: Abfall von Zeit, von Zuwendung, von Anteilnahme. Die Menge des Abfalls hing davon ab, wie das vorher verzehrte Lebensmahl ausgefallen war. Mal blieb wenig übrig, mal mehr, so, wie es der Moment hergab. Augustine war nicht Teil eines Plans, sondern der Zufall warf ihr die Brocken zu, so wie es passte, und dann streckte sie sich in die Luft, fuchtelte mit den Armen und schnappte, bis sie einen Brocken ergattert hatte. Mit der Zeit kippte das System, die Verrenkungen wurden größer, die Verletzungen auch, und die Brocken fielen kleiner und kleiner aus. Augustine behielt für sich, dass sie Kinder hatte, die ohne sie genauso lebten wie mit ihr. Sie behielt das für sich. Niemand sprach darüber, weil es bei allen so war. Heimat war jetzt nur noch wir sind vertraut, aber ein Zusammen gab es nicht mehr. Alte Kinder und alte Mütter sind einzeln. Der Vater auch. Man lebt zusammen, damit jeder einzeln kann. Sie wollte nie einzeln. Sie wollte immer für alle das Zusammen. Nur das war Familie. Aber das Zusammen waren Organisationsformen wie Spiele, Verabredungen, äußere Anlässe. Im Zusammen aber gab es das Einzeln nicht. Dafür war dann kein Platz. Das Fühlen machte jeder allein. Augustine schoss Silvester in den Sinn. Es war ja immer gleich. Die Familie fand sich zusammen, manchmal waren Gäste dabei, sie standen mit Gläsern in der Hand und warteten auf den Moment, wo das Jetzt zur Vergangenheit wurde und zur Zukunft. Fünf, vier, drei, zwei, eins – der Augenblick war da. Nachdem sich alle um den Hals gefallen waren und auf das neue Jahr angestoßen hatten, lief man zum Fenster und sah das Feuerwerk, das den Himmel mit Lichtblumen erfüllte und einem das Gefühl gab, es könnte doch noch etwas werden. Da standen dann alle zusammen, und enttäuscht kämpfte jeder mit den Tränen und mit Hoffnungen, die nächstes Silvester in der Rückschau zu neuen Tränen führen würden. Das haben Anfang und Ende so an sich: Vor- und Rückschau sind sich selten einig. Augustine sah die Lichter nicht. Sie hörte nur die Schläge von draußen, die in den Magen gingen und sie bei jedem neuen Schlag zusammenzucken ließen. Sie setzte sich auf einen Sessel, sah

Harald, wie er sich auf dem anderen Sessel im Zimmer niederließ. Er lächelte und winkte zu ihr herüber, aber wieder machte das Fühlen jeder allein. Ihr Glas war schon wieder voll. Denn es ist angenehm, wenn die Grenzen weicher werden, wenn sich alles langsam miteinander verbindet, und all die Dinge, die sonst nie einig sind, sich mit glasigen Augen Nettes sagen, so als mögen sie sich für immer. Das rote Wasser macht das, das Wasser, das sauer schmeckt. Man darf es eigentlich nicht ansehen, denn darin schwimmt die Angst vor der Zeit, vor Gedanken und Fragen. Aber man sieht eben doch hinein, immer wieder, und am größten ist die Angst vor den Antworten, die man selbst längst kennt, auch wenn man sie leugnet, weil man doch ganz warm eingemummelt ist in dieser verfilzten Decke, deren feuchte Wohligkeit man nicht verlassen will. Die Decke ist warm und macht einen bei sich sein. Aber man weiß doch, dass man allein ist, und abgestellt, weggepackt in Bewegungslosigkeit, in die Decke, nach der sich jeder sehnt, weil man erst versteht, was geschehen ist, wenn man selbst schon längst eingezwängt ist in taube, tumbe Weichheit. Die Decke ist schwer und drückt einen ganz platt. Darunter ist es feucht und klamm, und es riecht nach muffiger Wolle, die kraus und kratzig ist. Die fasrigen Fäden kreisen am liebsten um sich selbst, und dann wickeln sie sich um den Kopf, um den Hals, um die Hände. Später auch um die Arme, die Hüften, den Bauch und die Beine. Man liegt nur flach, atmet flach, hört flach. Töne sind nur noch im Kopf, und man versucht, mit der Zunge die Unterlippe von den wolligen Fasern zu befreien. Man spuckt und pfeift, aber keiner hört's. Und weil die Angst oben schwimmt im Wasser und weil sie einen ansieht, sobald man ins Glas blickt, nimmt man es und kippt die Angst nach innen, mit einem Ruck, weg soll sie sein, weg für immer, und weil sie mit jedem Schluck weniger wird, kippt man weiter, kippt weiter, bis die Angst jetzt tief unten schwimmt im Magen und brodelt, und dann sieht man sie nicht mehr. Aber die nächste Angst hat sich schon auf dem Wasser gebildet und schwimmt dort seelenruhig. Man beugt den Kopf vor, sieht ins Glas, sieht ins rote saure Wasser, erkennt die Angst im Gesicht, das einen anglotzt. Die Angst bin ich. Nur mit Schnelligkeit kommt man ihr bei, schnell, ganz schnell raus aus dem Hirn, raus aus dem Sinn, bis man sie nicht mehr sieht und nur noch runterkippt, damit das, was auch immer da ist, endlich weg ist. Dann macht das rote Wasser trüb, ja, es färbt die Sinne ein in irgendeinen schwächlichen Farbton, lullt sie ein und macht aus dem kantigen Kopf einen weichen Ballon ohne Wollen. Das rote saure Wasser steigt hinein und pumpt ihn auf, er wird fleckig dunkelrot und blubbert weg in ein gleichgültiges Wattebett, und da liegt er dann, der vom roten Wasser besoffene Ballonkopf, ohne Zeit und Angst, und kann nicht mehr und will nicht mehr. Am Morgen ist der Ballon nicht mehr Ballon, ist nur noch schlaffer Lappen mit suppenden Augen. Er hängt im miefigen Zimmer, fasst sich mit der trägen Hand an den Kopf und spürt hart jede Kante, die schmerzt und brennt, und Ameisen versuchen, die durcheinander geratenen Worte, die wirren Gedanken in die Zeit zurückzuholen, und in ihrer ganzen Emsigkeit tapsen sie mit hämmernden Schrittchen im Hirn umher, schieben und rücken und stapeln, um das Denken wieder in Ordnung zu bringen, dabei tropfen ihre ätzenden Schweißsäfte auf das dünne, fasrige Gedankengestrüpp, das nur löchriger wird dadurch und ganz durchsichtig, und der Wind pfeift durch den schmerzenden Kopf, und man weiß gar nicht, wie er je wieder zu sich finden soll.

Aber abends, das weiß man, abends geht man wieder in den dunkelroten Flaschenwald, weil die Angst vor der Zeit wieder im sauren Wasser schwimmt und man nie aufhören darf, sie runterzuspülen bis zum Morgen.

In einem Obstgarten in Thüringen stand ein Haus mit mehreren Etagen und vielen Zimmern. Früher, als Augustine ein Kind war, trafen sich Eltern und Geschwister, Großeltern, Tanten, Onkels, Cousinen und Cousins. Auch Freunde kamen dorthin. Sommer wie Winter: Das Haus hatte immer Platz für alle. Sogar die Dunkelheit war hier lebendig, Fledermäuse bewegten die schwarze Luft und Mäuse huschten durch die breiten Flure. Der Garten mit zwölf großen Bäumen malte Schatten auf den Boden, und manchmal schummelten sich zitternde Lichtscheine dazwischen und spielten mit. Im Winter hatte die Erde eine harte, weiße Decke, im Sommer war sie weich und schwarz und duftete nach Stein. Die Jahre hatten wie Musik ihren Takt. Skifahren, wandern, schwimmen – weiß, grün, blau. Viele Wochen im Jahr lebte die Familie dort. Tagsüber arbeitete der Vater an seinem Schreibtisch, die Mutter organisierte das Leben. Abends waren alle zusammen und lasen sich gegenseitig vor, spielten Karten oder hörten Musik. Augustine saß auf dem großen Sessel neben ihrem Vater. Das war schön und er erklärte ihr, was wichtig war. Plötzlich kamen Geheimnisse. Die Männer aus der Familie mussten in den Krieg. Vater auch. Augustine weinte und schrie. Sie klammerte sich an ihn, und Mutter zerrte solange an den Armen, bis Augustine den Vater loslassen musste. Flüstern, huschen, tuscheln, schleichen, verstecken, lügen. Alles war plötzlich anders als früher. Die Angst war jetzt immer dabei. In dieser Zeit blieb die Mutter mit den Kindern viele Monate im Haus auf dem Land. Es war sicherer, sagte die Mutter, aber die Angst saß mit am Tisch und fraß. Die Mutter sagte, man dürfe die Angst nicht nähren, sonst wolle sie immer mehr. Angst nährt die Angst, sagte sie. Augustine versuchte tapfer zu sein. Sie musste das, weil sie die Älteste war. Nachts kroch der Bruder zu ihr ins Bett, und dann sprachen sie über den Krieg, von dem sie nichts wussten, außer, dass er böse war. Sie sprachen leise, aber die Angst, die neben ihnen lag, hörte zu. Der Krieg machte auch Krach. „Jeder Schlag eine tote Familie", sagte Onkel Leo. Nach dem Krieg lag der Vater tot in der Erde, und das Haus stand in einem verbotenen Land, da durften sie nicht mehr hin. Es gab plötzlich Leute, die Freunde, und Leute, die Feinde waren. Der Krieg hatte alles kaputtgemacht.

Ein Mann hätte Augustine beinahe mit dem Auto überfahren. Sie war apathisch auf die Straße getreten – ein paar Sekunden in Gedanken. Sie hatte das Auto erst bemerkt, als es von der Fahrbahn abkam, um auszuweichen und ihr das Geräusch „Metall schrappt auf Stein" in den

Magen schlug. Immer noch benommen stand sie vor dem Arzt. Die Welt ist schnell. „Sie sind direkt vor das Auto gelaufen. Warum?" Schnell und laut sprach der Arzt. Die Schultern waren schwer, die Arme hingen lose herunter, nichts gehörte zu ihr. Sie stand vor ihm, hässlich wie eine Raupe, und er war der Vogel, der über ihr kreiste. Er sah alles von oben, während er Fragen stellte, für die er ganz sicher gute Gründe hatte. Sie kroch in der Erde herum und suchte nach Krümeln. „Haben Sie den Wagen nicht gesehen?" Augustine hatte nichts gesehen. Es war dunkel in der Erde. Es kamen keine Worte. „Warum?", fragte er noch einmal laut. Warum, warum? Ihr fiel nichts ein. Er ist grob, dachte sie. „Sind Sie lebensmüde?" Er betonte so, als würde sie nicht verstehen. „Ich weiß nicht …", sagte sie matt. „Warum laufen Sie einfach auf die Straße, wenn Sie nicht lebensmüde sind?" Es gibt nicht immer für alles Gründe, du Idiot, dachte sie. Das Leben ist schnell und laut und anstrengend. Die Anstrengung kommt von dir, dachte sie. Du bist der Verursacher. Wegen einem wie dir bin ich matt. Du verstehst nichts, willst nichts verstehen, weißt nichts, interessierst dich nicht. Du bist ein Arzt und handelst aus gutem Grund. Sie sind die Wurzel allen Übels, die Gründe, die jeder hat, die er vor sich aufbaut wie eine dicke Mauer, die schützen soll und schützt.

Immer gibt es jemanden, der für einen aus gutem Grund schwitzt, und es gibt das andere arme Schwein, das sich für dieses gutgemeinte Schwitzen bedanken muss. Aus guten Gründen kommen gute Taten. Ich habe niemals verlangt, dass dieser grobe Mensch für mich schwitzt, dachte Augustine. Die Psychologin danach war auf andere Art grob. Ihren Beruf hatte sie so gut gelernt, dass da auch diese Mauer war, und die Unterhaltung steinig. Sie lächelte hart, sprach leise, fragte geschult. Ein Vogel, der über Augustine kreiste. „Ich bin müde, aber tot sein will ich nicht." Ihre Stimme kam hohl und dünn aus dem Innern, als gehörte sie nicht zu ihr. Sie wurde nach Hause gebracht, ohne Leine. Walther erwartete sie in Aufregung.

Im Traum wartete sie auf ihren Vater. Vor zwei Tagen hatte sie den Brief von ihm bekommen. Nur sie. Er würde bald wieder da sein, und sie, seine Augustine, solle solange auf die Mutter aufpassen. Sie sei ja seine Beste, und auf sie sei Verlass. Sie saß allein in ihrem Zimmer und las den Brief wieder und wieder, strich dabei mit der Hand über das Papier, das der Vater in seinen Händen gehalten hatte. Diese Schrift! Wie kann ein Mensch so schreiben, so irrsinnig und unleserlich? Aber sie kannte diese Schrift wie keine andere, sie wusste, was ihr die Worte bedeuteten und las sie und las sie. Sie roch am Papier, aber es roch stumpf, den vertrauten Geruch des Vaters gab es da nicht. Und dann verließen die Worte das Papier. Es war plötzlich leer, und die Worte sackten durch das häufige Lesen Stück für Stück in Augustines Schoß. Sie formte die Hände schnell zu einem Korb. Dort sollten sie hineinfallen und liegenbleiben, diese wichtigen, einzigen Worte. Sie würde sie aufbewahren, bis er wiederkam, sie zärtlich hüten, so zärtlich, wie sie waren, seine Worte. Aber sie wogen schwer und lagen in ihrem Schoß wie Blei. Sie zogen nach unten, sie zerrten und zerrten so stark, dass Augustine sich, um nicht zu fallen, mit der einen Hand aufstützte, mit der anderen Hand krampfte sie sich an der Stuhllehne fest. Sie konnte die geliebten Worte nicht halten. Lautlos fielen sie zu Boden und waren im selben Augenblick nicht mehr zu sehen. Sie waren weg. Augustine warf sich auf den Boden, um die Worte zu suchen. Sie sah nichts, verzweifelt tastend kroch sie auf allen Vieren. Hier mussten sie sein, sie kratzte am Holz des Bodens, irgendwo unten, unter dem Holz, unter der Haut … Die Worte des Vaters waren für immer verschwunden. Sie öffnete die Augen und merkte, dass sie weinte.

Früher haben sie gesagt: Augustine fällt alles in den Schoß, und da liegt es dann, wie die Worte, bleischwer zwischen den Beinen, und das Gehen fällt schwer, weil all der Kram da liegt, der einem in den Schoß gefallen ist. Da muss man dann genau gucken und auswählen, was man wegschaufelt. Wenn man das immer wüsste, was man wegschaufeln und was man behalten soll, was Abfall und was Brauchbares ist. Da hilft einem keiner, aber jeder sagt: Ihr fällt alles in den Schoß. Ohne dass man darum gebeten hat, fallen einem Sachen hinein, für die man sich noch bedanken muss bei jemandem, den man nicht kennt, der aber dich ausgewählt hat und dir so viele Sachen mitgegeben hat. Aber niemand hilft beim Schaufeln, und die Hände werden wund und rot, bis man endlich unter den Blasen das findet, was man nimmt für den Moment. Sie hat viel weggeschaufelt, wollte nicht stolpern, hat aufgeräumt, schön gestapelt, Häufchen für Häufchen, ordentlich wollte sie sein, und wenn alles schön gestapelt war, konnte man es später nehmen, wenn Zeit war. Die Zeit kam nicht, weil sie mit den Jahren Teil der Häufchen wurde – auch gestapelt, fein säuberlich, die Zeit war gepresst und lag gequetscht in wackelnden Gebilden, drüber und drunter lagen all die Sachen, alles eng, die Zeit eng und verloren. Die gefräßige

Ordnung hat alles geschluckt. Immer schön flach gefaltet hat Augustine sich und unten drunter gelegt unter die Ordnung, die über Oben und Unten wachte wie ein Luchs und auf die Finger!, wenn man nicht Ordnung gehalten und gefaltet hat, denn beim Falten machte man nichts falsch. Auch die Hände sollte man falten, dann rührte man nichts an, nur die Hände, und das ist nichts Schlimmes. Schön fest aneinander die Hände, pressen, nicht reiben, nicht bewegen, fest, sodass nichts dazwischen kommt, das da nicht hin soll. Falten, sich besinnen auf die sauberen Hände, schauen, dass sie sauber bleiben und gefaltet, damit sie nichts anrichten, diese Hände, die doch immer was wollen, was nicht sein soll. Wenn sie sich nicht selbst pressen, dann falten sie Wäsche oder Zeug, das herumliegt und stört auf dem Weg, der frei sein soll, damit man nicht stolpert. Damit man frei gehen kann, faltet man und faltet, die ganze freie Zeit hindurch, bis auch sie schließlich weg ist und eben auch auf dem Haufen liegt, gepresst wie die Hände, gepresst wie die Dinge; und dann endlich ist der Weg ordentlich frei geräumt und alles geschluckt, und wie wunderbar liegt das Leben in Ordnung in Falten vor einem, und jede Falte ist klein und ebenmäßig, liebevoll im gleichen Maß, im Maß der Ordnung, das sie vorgegeben hat. Da liegt es jetzt, ihr Leben, und ist mit sich im Reinen. Nur das Glück kann man nicht falten, der Umlaut, dieses helle „ü", es lässt sich nicht auf Maß bringen, es schlüpft weg, ist schnell, und mit seinem kecken Klang macht es sich auf und davon, wenn's ums Falten geht. Das ist das Glück vom Glück und das Pech vom Leben.

Augustine. Ihr Name fängt mit Schmerz an, und als Antwort folgt in der dritten Silbe das „i", das sich schadenfroh in die Länge zieht und nicht aufhört, über sie zu kichern. In der Familie wurde viel gekichert, leise und heimlich, aber mit offener Heimlichkeit, damit es weh tut, wenn auch nicht so, dass man das Blut wegwischen muss. Wer kein Blut sehen kann, der liebt nicht. Man muss das Blut ansehen, das eigene und das der anderen. Manchmal muss es einfach fließen, aber in dieser Familie floss es nie; und so musste niemand die Schmerzen der anderen sehen. Das Kichern sah und hörte Augustine noch lange. Es war scheinbar unterdrückt, aber diese Selbsteinigkeit zeigte sich in einem kauernden Körper, der sich albern wie ein Wackelpudding schüttelte. Zu hören war ein fast lautloses Stoßen, das aus der Brust kam, und auch die Luft wurde vorne durch die verzerrten Lippen stoßweise herausgedrückt. Das Kichern hatte etwas selbstbezogen Heimtückisches und war als Waffe sehr wirkungsvoll. Man sprach nicht, man kicherte, weil man etwas wusste, es aber nicht sagte. Es wurde zu jeder Gelegenheit angewandt und hatte das Ziel, zu verunsichern. Und so kicherte sich die Familie einzeln boshaft in die Einsamkeit. Immer lagen Gedanken dahinter. Wussten die anderen darum oder taten sie nur so? Als Kind hatte sie manchmal danach gefragt, dann nicht mehr, hatte selbst gekichert und die Gefühle zu Staub verwischt. Was wichtig war, was ernst gemeint war, worauf es ankam, blieb im Dunkeln. Noch heute stand es vor den Dingen, vor den anderen, vor dem Selbst und vor dem eigenen Glück. Zum Vorturnen in der ersten Reihe nutzte Augustine schon früh Verstand und Willensstärke. Und dann turnte sie. Immer ganz vorn. Das Leben, eine einzige Leibesübung. Sie bestand darin, gesehen zu werden, wie die anderen sie sehen wollten. Sie wurde gesehen. Allein schon, weil sie groß war, größer als alle anderen, und weil sie die Älteste war. Der Blick der Familie wachte über jede Tat. Er war Anspruch und Ansporn. Der Blick sagte ja oder nein, klug oder dumm, und wenn er langweilig sagte, war das das schnell gesprochene Todesurteil. Also ging es um den Kampf gegen den strengen Blick der Familie, der sagte: Du bist es nicht wert, denn du gibst nichts her. Augustine führte diesen Kampf, und das Ableisten der Leibesübung kostete Kraft. Immer ganz vorn mit dem Blick nach innen und der ständigen Frage: Bin ich es wert? Die Gunst des Blickes, ihn zu erheischen: nur mit Witz und Ironie, mit bildungsbürgerlichen, scheinbar beschreibbaren Leistungen und mit Lautstärke. Nicht jedem brachte der Blick der Familie das erhoffte Glück. Aber wenn er kam: Er war immer falsch. Es war der Blick einer Gruppe, die das Mittel der Sprache für sich behauptete, indem sie wetteifernd mit Bildungsschnipseln um sich warf und Kenntnisse und Bewertungen über die Lebensleistungen anderer austauschte, um sich darüber lustig zu machen. Es war der Blick einer Gruppe, die glaubte, ihre Beurteilungskriterien aus einem scharfen Verstand zu speisen und damit das vollständige Recht des Urteils über andere zu haben. Der Blick der Familie war der Blick einer Gruppe, in der der Einzelne nicht vorkam, einer Gruppe, deren Einigkeit darin bestand, sich über andere zu erheben, weil sie selbst größer waren. Morgen- und Abendgespräche mit Mutter, Brüdern und Schwestern und manchmal Gästen, die als Staffage taugten und den bösartigen Humor der Familie genossen, solange sie nicht selbst betroffen waren. Augustine dazwischen. Auf den familiären Sprachduktus, der alles mit seiner Ironie platt walzte, was es an emotionalen Regungen je hätte geben können, war man stolz. Dieses Plattwalzen wurde geradezu gefeiert, und der Erfolgreichste war der, der dies am brutalsten tat, zur Unterhaltung und Belustigung der anderen. Was daraus hervorging, war die Angst, Opfer dieser Wortschwalle zu werden. Schloss man sich der Gruppe nicht an, kam man nicht vor. Es gab Familienmitglieder, die beim Zusammensein nie einen einzigen Ton von sich gaben und irgendwann verschwanden. Sie lebten dann in Brasilien oder Australien, weit weg von der Familie. Gustl, mit verstümmeltem Namen, konnte nicht flüchten. Sie hatte es versucht und war mit Harald und den Kindern aufs Land gezogen. Aber der Blick der Familie forderte das Leben. Er holte sie ein, und Augustine setzte sich ihm wieder vollständig aus. Harald trieb sie dabei vor sich her, die Kinder zog sie nach. Um dazuzugehören, gab es für Augustine das nach außen gerichtete Eintrimmen von Kenntnissen und das Hoffen auf entsprechende Beweise in Form von allgemein anerkannten Belegen. Es gab auch die nach innen gerichtete Selbstaufgabe und den Versuch, sie mit Alkohol totzumachen. Dazwischen ein Leerraum. Wie nur war er zu füllen? Die Kinder: Das war etwas anderes. Dazwischen all die Zeit, die nicht ihre war: Ein bisschen lesen, ein bisschen spazieren gehen. Nicht mehr, nichts, was sie vom Herzen her verstand, nichts, wofür sie brannte. Sie ahnte, aber sie wusste nicht; tappte unsicher durch die Welt, wenn es um ihre eigenen Gefühle, um ihre Seele ging. Absicht, Sinn und Zweck vergessen konnte sie nicht und ewig wohlformulierte Begründungen verhindern das Fliegen. So gab es nichts, das nur sie unbedingt wollte, das nur sie betraf, nichts, wofür sie alles gegeben hätte. Sie hatte angefangen Klavier zu spielen, jetzt, wo sie längst erwachsen war, aber die Angst, man könnte ihre dürftigen Versuche hören, war größer, als der Wunsch zu spielen. Immer zogen ihre Kräfte und Blicke sie nach draußen. Die eigenen Augen befanden das, was sie selbst war und tat, als sinnlos.

Ich habe mit den Augen immer nur nach außen gesehen, nie nach innen. Die Fädchen, die Risse, das schwarze Blut – nichts habe ich gesehen im Laufe der Jahre. Die Augen guckten raus, nicht rein. Was innen ist, sahen sie nicht. Vielleicht ist das der Grund für das, was passiert, dachte Augustine.

Im Traum machte Augustine mit ihren drei Kindern eine Reise im Wohnmobil nach Polen. Der Älteste fuhr den Wagen. Sie saß neben ihm, die beiden Kleinen hinten. Sie sah ihn von der Seite an. Wie sie ihren Bruder liebte, so liebte sie diesen Sohn, Richard. Groß gewachsen, überlegen und mit einem wortgewaltigen Instinkt für Macht ausgestattet. Das hatten sie beide, die Männer ihres Lebens. Sie mussten den einzigen Mann ersetzen, der sie je verstanden hatte und der ihr so früh abhandengekommen war – den Vater.

Es gab andere, aber diese beiden waren der Maßstab für das, was sie zu bewundern bereit war. Augustine liebte nur, wenn sie bewunderte. Dann sah sie nach oben, die anderen schienen groß, und sie durfte für einen Augenblick das sein, was sie manchmal heimlich ersehnte: klein. Das war Entspannung. Der andere wusste, und sie konnte folgen. Leute, die nicht wussten, verachtete sie.

Aber der Sohn wusste. Er hatte eine gebildete Autorität, die ihr Sicherheit gab. Und so lenkte dieser Junge das Wohnmobil in ein Sumpfgebiet. Es war dunkel, und der Wagen ließ sich nicht mehr bewegen. Sie steckten fest und sanken langsam, langsam, im Wagen sitzend, ins Moor. Die Türen ließen sich nicht öffnen. Der Junge hatte eine Theorie. Das Sinken würde aufhören. Es würde aufhören, ganz plötzlich. Hörten sie nicht auch schon das Holz, den harten Untergrund, man konnte es schon spüren, die Reibung, den Widerstand. Es war dunkel drinnen und draußen. Im Wagen war es angenehm warm, und es roch nach Erde. Ein bisschen Feuchte stieg auf. In der Ferne sah man fremde Lichter, aber sie, sie waren beisammen. Leise spürte man das Ruckeln des sinkenden Wagens. Sie fühlte sich geborgen mit ihren Kindern im Wagen, beieinander. Christiane weinte leise. Der kleine Robert schrie. Christiane tröstete. Es war nicht schlimm. Es war alles nicht schlimm. Es würde ja aufhören, dieses Sinken, es würde aufhören. Mit geschlossenen Augen lächelte sie.

So sehr Augustine früher selbst in Schubladen dachte, so wenig mochte sie es, eingeordnet zu werden. Sie wusste sehr wohl, wie wenig übrig blieb, wenn man den Beschreibungen der anderen glaubte. Immer waren sie nur ein Teil einer Wahrheit und sie entsprachen den geistigen Fähigkeiten und dem Sprachvermögen derer, die sie machten. Bei intelligenten Leuten ging es oft um die Zurschaustellung eben dieser Fähigkeiten und nicht um die beschriebene Person. Augustine war klug genug, sich missbraucht und missverstanden zu fühlen, und sie reagierte entsprechend. Sie war in der Enge und wehrte sich seltsam ungeschickt, traf dabei nicht den richtigen Ton. Sie wurde zu scharf, wie alle unbeachteten Leute. Ein Witz blieb ihr im Kopf: Ein Philosoph trifft einen anderen auf der Straße. Sagt der Philosoph: „Du hier? Ich dachte, du wärest schon gestorben!" „Ja, aber du siehst doch, dass ich noch da bin!", antwortete der andere. „Das schon", sagte der Philosoph, „aber der, der es mir erzählt hat, war glaubwürdiger." Beschreibungen. Sie hätte es wissen müssen, war doch ihre eigene Wortgewandtheit dazu in der Lage, dauerhaft Gefühle zu verdecken, indem blumige Worte drum herum gefunden wurden. Das war die Vereinbarung in der Gesellschaft, in der sie lebte. Sprachfertigkeit forderte ihren Tribut.

Und eng waren die Schubladen, in denen man sich dann wiederfand. Da lag man hart, und manchmal spürte Augustine die Härte körperlich. Dann strampelte sie, aber kein Strampeln ist ohne Grund. Sie schmiss Türen oder Lappen, und sie schrie. Die Zunge tobte wütend im Mund, jede Art von Zungenfertigkeit war plötzlich weg. Das Gefühl lag ganz obenauf, für jedermann sichtbar, wie eine rote offene Wunde, und alle erkannten sie als Eine, die ihre Gefühle nicht bei sich behalten konnte. Das war ein Verstoß gegen die Vereinbarung; nackt zu sein, war ungut. Jeder konnte sie sehen, die rote offene Wunde. Warum zeigte sie das? Ihr Herz schlug laut und gab den

Rhythmus für den Zungentanz vor. Eine angemessene Wut mit angemessenen Mitteln hatte sie nicht, das Herz war zu laut. Ihr Schmeißen und Schreien wurden als Jähzorn gesehen, doch auch diese Schublade war eng. Es gab keine Entspannung, immer lag sie irgendwo drin, und immer ging es darum, sich aus irgendeiner verdammten Schublade zu befreien. Alle liegen irgendwo drin, jeder von uns. Wenn man im Bemühen lebt, muss man darauf achten, dass man in vielen Schubladen liegt, immer wieder in anderen, damit man trotz allem nicht geortet werden kann, damit man wechseln kann, heute so, morgen so, heute hier, morgen da, damit man, trotz all der Schubladen, in denen man sich immer wieder befindet, einigermaßen frei bleibt. Dumm ist, wenn man nur wenige Schubladen hat. Dann denken die anderen, sie wissen immer, wo der andere sich befindet, sie suchen dann nicht, weil sie glauben, sie haben einen verstanden. Das ist dann ganz schlecht. Man muss zwischen den Holzfächern hin und her springen, darf sich nicht einordnen lassen. Da ist man dann immer am Hüpfen, man hüpft sich um Kopf und Kragen, um Leben und Tod. Diese Art der Leibesübungen ist anstrengend. Das Hüpfen kostete Kraft. Dieses neckische Wort täuschte darüber hinweg, was es war; der Kampf um Unvoreingenommenheit, die es nicht gab. Die Schubladen waren nämlich wichtig. Sie ordneten die Welt, und sie sorgten dafür, dass man dazugehörte. Also opferte man das freie Geschöpf, das man hätte sein können, einer hölzernen Puppe mit Weltanschauung.

Die Puppe turnte – schwer mit Folgen beladen – bei allem, was sie sagte und tat. Wie ein Lichtstrahl kroch manchmal heimlich der Witz durch Weltanschauung und Moral. Kurz streichelte er warm die Zunge, verhedderte sich dann aber in Augustines wehendem Redegewand. Die Sprache war ihr Mittel. Ihr Einfallsreichtum in der Auslegung von Vorhandenem, nicht in der Schöpfung von Neuem.

Gebildete Menschen suchte und verehrte sie, Künstler nahm sie mit ferner Bewunderung zur Kenntnis. Unvorhersehbarkeit war ihr fremd. Sie brauchte zuverlässige Vereinbarungen, Standpunkte. Früher mochte sie es ab und zu, Dinge auszuprobieren, aber nur in bekannten Zusammenhängen. Da Augustine aber kritische Blicke ihrer Umgebung nicht aushielt, wenn das Ergebnis wie ein Versuch ausfiel, verzichtete sie mit der Zeit auf das Spiel mit ungewissem Ausgang. Und so gingen die Leibesübungen weiter. Einladen, kochen, Geld verdienen, funktionieren für eine einzige positive Reaktion, für einen einzigen anerkennenden Blick, der nicht kam. Die Rücksichtslosigkeit in der Familie nahm allen den Atem.

Irgendwann kam dieses Viech ins Hirn, fies war es, klebrig, klein und schnell, einer Spinne ähnlich flüsterte es den Satz in Augustines Hirn: Du hast kein eigenes Leben. Und das gefiel dem Viech, und es blieb da und wiederholte böse Sätze, die Augustine im Körper herumkrochen. Die Wörter wusste sie nicht mehr im Einzelnen, sie wusste nur, dass es unangenehm war und der Wörterwurm ihr schlechte Laune machte. Plötzlich war es da, das Außerplanmäßige, und das Misstrauen ihrem eigenen Kopf gegenüber machte sich breit. Zuerst wurde sie weinerlich, dann harsch. Walther saß ratlos an ihrem Bett, wenn sie, wie jeden Tag, nicht aufstehen wollte. Nach ein paar Tagen der Nachdenklichkeit tat sie das, was sie immer tat, sie fragte Walther: „Hast du ein eigenes Leben?“ „Ja“, antwortete er, „natürlich habe ich das, jeder Mensch hat sein eigenes Leben.“ Sie nahm eine Zigarette. „Du rauchst im Bett?“ „Ja, ich rauche im Bett.“ Sie setzte sich auf und wusste es: Die Erkenntnis schmeckte fahl. In Gestalt des Rauches, den sie einsog und wieder ausatmete und der im Nichts verschwand, schmeckte sie so fahl wie die Jahre, in denen sie gereift war. Nichts, nichts gab es, auf das es ankam. Auf gar nichts. Es war egal. Unwahr, dass unsere mühsam, das bürgerliche Leben hindurch erworbenen Kenntnisse und Fähigkeiten zu irgendetwas führten, zu einer besseren Welt, zu mehr Leistung, zu mehr Anspruch und Aufwand, zu mehr Einsicht, zu mehr Selbstentfremdung, zu mehr Anstrengung, zu mehr Kampf.

Jetzt, nach Jahren des dauerhaft angestrengten Mitmachens, nach all den Kindern, die sie erzogen, den vielen Sprachen, die sie gelernt; den vielen Reisen, die sie gemacht, den vielen Museen, die sie besucht, den vielen Menschen, die sie gekannt hatte. Sie wartete und blies den Rauch in die Luft: nichts. Wie ein schwarzes Loch; ohne Sichsein und mit nichts, wie vergessen. Lohnt nicht. Einfach lassen. Abgeben. Vergessen. Mit der Sprache fing es an. Augustine begann ihre Umwelt damit zu verblüffen, dass ihr die Worte fehlten. Sie fing Sätze an und blieb auf halber Strecke stehen. Sie wusste nicht weiter. Was hatte sie gesagt? Wenn die Worte ins Leere liefen, kam Schweigen. Das schafft Abstand. Andere Verhaltensweisen gab es nicht. Lernfähig, wie die Leute waren, nahmen sie zur Kenntnis, dass Augustine zu einem ernsthaften Gespräch nicht mehr taugte. Augustine war erschüttert über ihr Vergessen und gekränkt, dass die Rolle, die sie ihr Leben lang zu spielen bemüht war, von ihrem Umfeld einfach vergessen wurde, weil sich die Umstände änderten. Im Verhältnis zu den jahrelangen Bemühungen schien ihr die Zeit, in der die anderen sie als einen Problemfall erkannt hatten, unangemessen kurz. Schnell hatten sie begriffen und es angenommen. Es gab keine geheuchelten Fragen, keine beflissenen Erklärungen mehr, keine ehrgeizigen Geschichten, Besserwissereien, Lügen, Übertreibungen, Gemeinheiten und Augustine nahm es hin. Sie sah Walther von der Seite an. Die ganzen Jahre hatte sie sich auf ihn verlassen. Er war wie ein Baum, hatte in der Welt seinen Ort gefunden, wusste, was seine Aufgabe war und wie er sie bewältigen wollte. Es war die Zuversicht, die sie bewunderte und die ihr Kraft gab. Und die Redlichkeit, mit der er sein Leben führte. Immer wollte er das Gute und das Richtige tun. Was tat er jetzt, fragte sie sich. Und hatte das, was er tat, mit ihr zu tun? Als sie ihn geheiratet hatte, waren beide über sechzig, beide hatten erwachsene Kinder, beide eine Geschichte. Aber genau genommen hatte sich Augustine durch die Heirat mit Walther gegen sich selbst entschieden. Wenn sie stritten, was nur selten geschah, sagte er: „Es ist nicht schlimm“, und sie dachte:

„Es kommt nicht drauf an." Nachdem Walther, der immer eine Lösung hatte, in ihre Wohnung gezogen war, übernahm er zunächst sorgfältig technische, schließlich organisatorische Dinge im Ablauf ihres gemeinsamen Zusammenlebens. Es folgte der Austausch innerhalb der Familie: Er telefonierte, machte die notwendigen Besuche außer Haus und nur manchmal, immer seltener, begleitete sie ihn. „Italien klingt schön." Augustine kam mit. Walther plante Reisen, Geburtstage und Verabredungen. Dies alles tat er mit Zuverlässigkeit und dafür erntete er Lob von der Familie. Das Telefon klingelte und Robert rief an, um sich nach ihr zu erkundigen. „Er ruft nicht oft an", sagte Walther. Sie fragte: „Wann waren wir im Konzert, Walther?" „Gestern!", rief Walther von hinten. Auf jede Frage wusste er eine Antwort. Schließlich tat sie nichts mehr ohne seine Rückmeldung und er handelte mit besonnener Entschiedenheit. Manchmal kam er mit Geschenken. Als Augustine noch mit Harald verheiratet war, konnten sie sich Schmuck nicht leisten. Sie hatte geerbt, musste aber mit zwei Schwestern teilen. Jetzt war es anders. Walther brachte öfter ein Kästchen mit und sie strahlte wie ein Mädchen. Der neue Schmuck entsprach dem neuen Stil. Er war klein. „Für mich?", fragte sie. „Ja, natürlich für dich. Gefällt dir die Kette?" „Ja, sie ist hübsch, …" „Komm, ich mache sie dir um." Sie trug den Schmuck, den sie nicht ausgesucht hatte, und lächelte zugunsten einer Sinnestäuschung, die sich Liebe nannte, die ihr Augen und Mund zugeklebt hatte, und die auf verdammte Weise angenehm war.

Zuerst beginnt's im Kopf, dann geht's um einzelne Buchstaben, um fehlende Worte, um verbaute Sätze, um verschwundene Namen, um das fehlende Erinnern der eigenen Geschichte, um vergessenes Wissen, um absurdes Tun, um absurdes Reden, um Unbeweglichkeit, um Stummheit, um Sterben. Aber es hatte auch sein Gutes. Als Augustine noch Worte hatte, musste sie gute von schlechten unterscheiden und die schlechten verstecken. Nicht jedes Wort durfte gehört werden, es musste im Kopf bleiben, aber es war da und drängelte an den Ausgang. Man musste aufpassen, dass es nicht heimlich aus dem Mund schlüpfte, denn dann stank die Luft im Raum, weil es ein schlechtes Wort war. Das war sehr anstrengend früher. Heute sind alle Worte nur noch Worte, sie warten, bis der Ausgang frei wird und dann gehen sie einzeln hintereinander hinaus. Die Worte haben Zeit, und es stinkt nicht mehr, weil niemand mehr Augustines Worte hört. Es gibt auch nicht mehr den Wassereimer, der über einen gegossen wird, dann wird man nass bis auf die Haut und die Kleider tropfen, das Gesicht tropft, ganz klein ist man, die Haare sind verklebt, der Mund auch, der Kopf hängt herunter und man steht da, vor den anderen, nur, weil da einer so viele Worte über einen geschüttet hat. Das gibt es heute nicht mehr. Die Leute reden kurz, langsam und laut, als könnte man nicht hören, aber es tut nicht mehr weh. Das alles ist schön, heute.

Für die meisten war Augustines Vergessen jetzt normal. Es war normal, dass sie plötzlich auf eine bestimmte Art verschwunden war. Man redete einfach so, als wäre sie nicht mehr da. Man redete über sie hinweg. Es ging ja auch ohne sie. Nur sehr wenige taten sich mit Augustines Vergessen und den neuen Umständen schwer. Das waren die Menschen, die ihr nahe standen. Auch Walther, der immer eine Lösung hatte, nahm mühsam zur Kenntnis, dass Augustine eine andere wurde. So quälend die Erfahrungen für sie selbst waren, so entlarvend und traurig, so sehr wurden sie durch ihr eigenes Vergessen unterbrochen. Manchmal blitzten sie kurz durch, spitz und scharf ritzten sie kleine Schnitte ins Herz, und Minuten später waren sie wieder weg; vergessen. Das Hier und das Nichts buhlten um Augustines Aufmerksamkeit. Für Richard, Christiane und Robert schien die Mutter normal. Sie waren freundlich, fröhlich, als wäre nichts geschehen. Vielleicht war nichts geschehen. Sie sprachen nicht darüber. Augustine nahm einen Teller und schmiss ihn auf den Boden. Laut sollte es sein. Walther war verwirrt, aber auch er sprach nicht. Jeden Tag warf sie irgendetwas zu Boden und zerstörte es, denn jeden Tag war sie allein. Die Wut kam wie eine Welle. Geschirr zerbrach, Türen knallten, Schreie durchbohrten die stumme Wahrheit. Die Veränderung kam ohne Gestalt, sie war nicht fassbar und nicht zu verstehen. Am wenigsten von Augustine, die spürte, dass die Ursache für die Veränderung sie selbst war. Es geschah etwas mit ihr, und sie wusste nicht, was es war. Sie wusste nicht, warum es geschah, wann es geschah, wie lange es dauern und wie weit es gehen würde. Die Wut war laut, weil niemand über die Veränderung sprach, die sich wie ein Wurm in das Innere ihres Bauches bis ins Hirn fraß. Zwischendurch war Augustine matt und freundlich, dann wieder laut. Was war geschehen? Warum sagten die Kinder nichts? Vielleicht war ja auch nichts. Augustine hörte, was sie sagte, hörte die Unordnung, musste das Gepolter ertragen, das ihr aus dem Mund stolperte, aber es kam eben dann so. Sie konnte den Kram nicht ordnen, tappte suchend umher, nach Worten schnappend, die sie brauchte wie das Atmen, über das niemand nachdenken musste. Ist sprechen wie atmen? Lange war es so. Aber die Intuition war nur ein Teil. Der andere Teil musste nachdenken, und inzwischen verhedderten sich die Worte in den Gedanken. Der Irrgarten war groß. Je mehr Worte man für etwas gefunden hatte, desto mehr verschwand das Etwas im Schlamm der Sprache. Plötzliche Milde war der Beginn ihres langen Abschieds. Aus unbedingter Anteilnahme wurde scheinbare Lässigkeit und schließlich Milde. Sie tat gut. Die Anstrengung wich aus ihren Gesprächen. Eigentlich war es Müdigkeit und Verzicht, mit Milde verwechselt. Lange genossen die anderen diese ungewohnte Qualität in der Beziehung zu Augustine. Es gab da eine Weichheit, die sich immer mehr Raum nahm. Sie äußerte sich in Augustines Sprache und im Verhalten, und je mehr das Phänomen Gefühl Einzug nahm in ihrem Zusammensein, desto deutlicher wurde Augustines Ausstieg. Fühlen und Bewusstsein standen gegeneinander, und im Laufe der Zeit gewann das reine Fühlen die Oberhand. Das war die Milde; sie war Verlust. Der Kopf wollte nicht mehr. Irgendwann träumte sie nicht mehr, weinte nicht mehr. Das war Jahre später.

Augustine fragte ihren Sohn Richard: „Wie hört man Musik, wenn man sie liebt?"

Gute Sprache, kluger Kopf, schlechte Sprache, dummer Kopf. Früher hat sie Worte gesammelt, heute sammelt sie Bilder. Vieles sieht komisch aus. Lachen auch. Der Mund ist breit, und die Zähne liegen blank. Man weiß nicht, ob die Leute sich freuen oder Angst haben, die Zähne könnten herausfallen. Bei ihr fallen die Worte heraus.

Wenn man den Mund absperrt wie eine Tür, geht das nicht. Man muss die Worte irgendwie horten, aber weil es zu viele sind, kriegt man runde Backen, und die Luft hat keinen Platz mehr. Alle Worte gehen vom Kopf direkt in den Mund, sammeln sich darin und quetschen sich wie Ameisen. Man kann im Dunkeln die Dummen nicht von den Schlauen unterscheiden, man spürt nur das Prickeln, denn alle Worte drängeln an den Ausgang, alle wollen gehört werden, egal welche, sie wollen gehört werden, und dann drücken sie innen gegen die Gaumenwände mit jedem einzelnen Buchstabenbeinchen, drücken so fest, dass der ganze vollgestopfte Mundbauch schmerzt und es eine Explosion gibt und er platzt, und alle Wörter, die sie gierig gehortet hat, sind mit einem Knall zerstoben zum Nichts. Den Mund zu versperren ist also keine Lösung. Man braucht manchmal den Durchzug. Sonst wird's stickig und eng da drin, im Mund. Im Kopf dann auch. Es ging also um nichts. Und weil nichts nicht wichtig war, übertrieb sie: Aus einer Maus wurde ein Elefant, aber auch der Elefant richtete nichts aus. Ob Maus oder Elefant – Augustine war nicht von Interesse. „Ich verlege alles. Alles. Gestern habe ich stundenlang meinen Schlüssel gesucht." Wie immer wurde beruhigt und beschwichtigt. Beruhigung als Eigen-Schutz. Es interessierte nicht, solange es nicht störte. Der Mord musste erst begangen werden, bevor die Polizei eingriff. Es ging also um Kleckern oder Klotzen. Leben zwischen Unsichtbarkeit und Lächerlichkeit. Meckern oder Kotzen. Die Kotze der Leute im Graben, der voller und voller wurde mit zu Brei gewordener Unzufriedenheit. Missachtung schwamm auch da drin. Jetzt also klotzen. Am Anfang machte es sogar Spaß, es hob Augustine aus ihren Zweifeln, und die Klötze flogen lustig durch die Luft. Dasselbe fragen, dasselbe sagen, dasselbe tun, Wiederholungen, immer Wiederholungen platzieren. Unsinniges tun, spielen! So, als hätte sie vergessen. Vielleicht hat sie vergessen. Hat sie vergessen? Vielleicht war da ja tatsächlich nichts. Nur Erschöpfung. Sie fing an zu fragen, mehrfach dasselbe. Sie merkte es manchmal, und dann fragte sie noch mal und noch mal. Immer wieder. Oder sie erzählte Geschichten. Ab und zu merkte sie selbst, dass die Geschichte schon bekannt war, sie sah es an den anderen. Die waren dann nicht mehr entspannt. Reagierten irgendwie. Augustine spürte das, erinnern konnte sie sich nicht. Aber sie wiederholte dann. Wieder und wieder. Wenn sie litt, sollten die anderen es auch spüren, auch leiden oder irritiert sein. Was auch immer. Es dauerte eine Weile, und sichtbar überspielte Bestürzung kam zur Aufführung. Manche hatten kein Talent dazu. Die Bestürzung war derart offensichtlich, dass die fast zwanghaft Handelnden zu bemitleiden waren. Mit dem Überspielen hatte die Ignoranz jetzt einen anderen Namen. Gebrochen war sie nicht. Dabei ging es nicht um Augustine. Es ging nie um sie. Vieles versteht man spät. Wo waren die Kinder, wo die Familie? Es gab jetzt nur noch die anderen und sie. Die anderen, das waren die, die nicht mit ihr sprachen. Alle gegen eine; und Walther irgendwie dazwischen. Ausgrenzen, das kann die Sprache. Augustine hörte die Klötze laut aufschlagen, aber das blieb bei den anderen ohne Wirkung und verfehlte seinen eigentlichen Zweck. Später schlich sich die Unsicherheit in Augustines Gemüt. Die Klötze hatten die Wirklichkeit verstellt. Wann hatte sie geklotzt, wann vergessen?

Der Unterschied war nicht mehr auszumachen. Es gab fließende Grenzen, dann keine Grenzen. Sie sprach lieber leise. Das Schreien war nicht ihre Sache. Klotzen strengte sie an, und nach einer Weile war es damit vorbei. Mühsam kleckerten jetzt die Worte aus Augustines Mund und es entstanden Lücken. Früher gab es Worte und manchmal kleine Pausen. Heute ist Pause, und manchmal gibt es ein Wort. Pausen sind ihr recht. Dann muss sie nicht sprechen, kann die Fliege ansehen, die da lahm herumfliegt. Die Fliege ist fett. Sie macht einen fetten Schatten auf ihrem Arm. Die Fliege ist nicht mehr Fliege, sie ist Teil von ihr, weil sie einen gemeinsamen Schatten haben. Augustine ist eins mit der Fliege. Fliegenfrau. Fraufliege. Das Wort für dieses Einssein gibt es nicht. Es gibt nur Worte für das, was es gibt. Man kann keine eigenen Worte haben, Worte, die sonst keiner hat. Worte gehen nur miteinander. Sie wollen bekannt sein, und eigene Worte sind nur mir bekannt. Dann sind sie nicht Sprache. Ich habe zu viele eigene Worte, dachte sie.

Wenn man Augustine Klavier spielen sah, wusste man nicht, warum sie es tat. Sie saß und spielte verkrampft und scheu, befürchtend, jemand könnte ihre ungelenken Versuche hören. Immer noch wachte der Blick der Familie über ihrem Tun. Spiel war das nicht. Es war Anspruch. Man sah ein kleines, verschrecktes Mädchen, das zaghaft die Tasten berührte. „Es ist schön, spiel weiter." Ich ermunterte sie, wie sie mich früher beim Geige spielen ermuntert hatte. So wie ich damals wusste, dass mein Spiel schrecklich klang, so ahnte sie, dass ihr Spiel kein Spiel war.

Sie lächelte schüchtern und ernst und schlug die Tasten vorsichtig und monoton. Der unerbittliche Ton kam trotzdem. Sie hatte Angst. Ich sah sie an, sie war 66 Jahre alt, sie war meine Mutter, und ich dachte, ich müsse weinen.

Eines Tages gab Augustine Walther einen Zettel: „Bitte Walther, lies dir das durch. Und dann sage mir, ob du immer noch findest, dass das alles normal ist." Er nahm die Blätter, sie setzten sich gegenüber. Dabei versuchte sie, in seinem Gesicht zu lesen.

- Morgens, du bist dabei, ich stehe im Flur und will zum Klo. Ich weiß nicht, wo es ist. Du bringst mich hin, und dann kommt es mir wieder ganz vertraut vor.
- Ich finde meine Schuhe nicht mehr. Ich suche überall. Lange. Dann nehme ich andere. Später

sehe ich, dass die, die ich gesucht habe, im Flur stehen. Wo viele immer stehen.

- Du fragst mich, wie spät es ist. Ich sehe auf die Uhr und weiß nicht. Die Zahlen sagen mir nichts. Jetzt weiß ich wieder: Es ist viertel vor sechs.
- Marion ist bei mir. Du bist irgendwo unterwegs, und ich trinke Tee mit ihr im Wohnzimmer. Er steht auf dem Tisch, aber ich gehe zwei Mal in die Küche, um ihn zu holen. Marion merkt das nicht. Aber ich.
- Wir wollen einkaufen. Ich gehe schon raus, du schließt ab. Ich stehe an der Straße. Wohin geht der Weg? Wir gehen rechts, wie immer …

Viele Beispiele dieser Art. Walther legte die Blätter zur Seite und lächelte. „Was willst du jetzt hören von mir? Ja, natürlich vergisst du manches. Aber das ist nichts Besonderes. Man behält wichtige Dinge, weil die anderen einen nicht interessieren. Das macht jeder so.“ „Du lügst“, sagte sie. „Wenn ich lüge, dann nur in deinem Sinne.“ Wieder lächelte er. „Das sind die Menschen, die es gut mit mir meinen. Verschone mich bitte damit. Ich habe denen nie vertraut.“ „Vielleicht war das ein Fehler“, sagte Walther trocken. „Wie meinst du das?“ „Ich meine, dass du mir vertrauen solltest, dich schonen, dich entspannen und nicht zu streng mit dir sein." „Wie eine Kranke – sage ich doch!" Augustine fühlte sich schwach. Nein, sie vertraute ihm nicht. Ihre Blicke trafen sich nicht. „Manchmal vertrüben sich einfach meine Sinne und dann bin ich wieder vollkommen klar, so wie jetzt." „Ja, du bist sehr klar. Sei wie du bist, und alles ist gut." Er setzte sich neben sie und legte seinen Arm um ihre Schulter. Das war warm. Müde sank sie in sich zusammen. Dann weinte sie. Er hielt sie fest im Arm, und der Wunsch, dass es keine Veränderung gab, lag tief vergraben, weit weg von hier.

Zu Hause wohnte ein Herr. Er bot manchmal seine Fahrdienste an, ansonsten hielt er sich raus. Er wollte nicht gestört werden, denn Wohlbehagen und Ruhe waren ihm wichtig. Sie kannten ihn lange. Wenn man ihn fragte, wo er herkam, sagte er: „Sie haben es mit einem Rheinländer zu tun." Katholisch, wie er erzogen war, brachte er äußerlich etwas rheinische Frohnatur in Augustines protestantischen Haushalt, und darauf bildete er sich etwas ein. Man merkte es, wenn er Geschichten erzählte, die Sprachwitz hatten und in denen seine Spottlust keinen Anstand kannte. Sie quollen über von goldenen Worten, seidenen Gefühlen und fernen Wünschen. Der Herr war irgendwie da und irgendwie auch nicht.

Manchmal machte er abends Pläne für den nächsten Tag, morgens wurden die Pläne fallengelassen, weil der Herr noch im Bett lag. Er war ein bequemer Mann, der viel schlief und gerne aß. Da hatte er bei Augustine kein Glück, weil sie nicht gerne schlief und nicht gerne aß. Er sagte immer: „Der Tisch muss brechen!", voll mit frischem Brot, verschiedenen Käse- und Wurstsorten und Salaten sollte er sein. Bei Augustine brach nichts. Hier gab es immer eine Sorte Käse und manchmal ein bisschen Schinken. Sie fand, das müsse reichen. Da hatten die beiden ihre Auseinandersetzungen. Der Herr fuhr morgens in die Stadt, abends kam er zurück. Am Wochenende arbeitete er ein bisschen im Garten, aber eigentlich war das Augustines Sache. Sie kannte all die Pflanzen mit lateinischem Namen. Um sie zu lernen, hatte sie Schildchen angebracht. Sie ging dann frühmorgens wie eine Herrscherin durch ihren Park und sprach die langen Namen auswendig vor sich hin. Der Herr lachte darüber und tauschte die Schildchen heimlich aus. Augustines Mund wurde dann schief, und das Frühstück ungemütlich. Der Herr, der, wenn er seltenes Licht von außen bekam, wie ein Edelstein glänzte, fand: Die Hauptsache war, dass die Blumen blühten. Mit Licht von außen lief er zu Hochformen auf. Er blendete dann andere mit seinem Funkeln und ließ ihnen nur ein schwaches Schimmern. Weil er selbst wenig Licht bekam, genoss er es, wenn andere im Schatten standen. Der Herr mochte Bücher und kaufte immer mehr, obwohl das Haus schon voll war damit. In dieser Hinsicht war er sich mit Augustine einig. Beide liebten Bücher. Sogar auf dem Klo standen volle Bücherregale. Es ging um Sammeln und um Masse. Lesen konnte man das alles nicht. Aber trotzdem wurde immer weiter gekauft, auch antiquarisch. Auf diesem Gebiet war der Herr Spezialist. Manchmal tat er seine veralteten Ansichten zur Erziehung der Kinder kund, dann wurde es unangenehm. Augustine wollte nicht, dass er sich einmischte. Sie hatte so viel über Erziehung gelesen, dass ihr seine Vorstellungen falsch vorkamen. Außerdem war er wankelmütig, und Augustine liebte es, folgerichtig zu handeln. Sie wollte, dass die Kinder verstanden, warum sie etwas tat oder nicht tat, und sie wünschte sich einen verlässlichen Partner, was der Herr ganz und gar nicht war. Manchmal stritten die beiden laut, und Augustine fragte sich, warum sie sich überhaupt auf ihn einließ. Der Herr sollte doch lieber seine Witze erzählen oder Geschichten vorlesen. Das konnte er. Früher war er schlank, aber die Kinder kannten ihn nur rund und rotwangig, wie ein Apfel. Augustine bügelte ihm seine Hemden. Niemand war so formvollendet gekleidet wie er, darauf bildete er sich etwas ein. Im Dorf fiel er deshalb auf, auch wegen seiner gewählten Sprache. Und er liebte es, boshaft zu sein. Er liebte es – der Sprache wegen. Der Herr, der aussah wie der Generaldirektor einer Versicherungsanstalt, der bei der Mutter im Zimmer schlief, den die Kinder irgendwie mochten und irgendwie mieden, dieser Herr, der sich meist durch das Leben und dessen Umstände gestört fühlte und sich in seine faulen Vermeidungsmuster flüchtete, war Augustines erster Mann Harald, der Vater ihrer Kinder. Es gab Züge an ihren Söhnen, da erkannte sie ihn wieder. Wenn ihm etwas nicht gefiel, legte er seine ganze Abneigung in den Gesichtsausdruck. Angewidert und voller Geringschätzung zog er die Mundwinkel derart herunter, dass der gereizte Blick keinen Zweifel offenließ über das, was er in diesem Augenblick dachte. Auf Richard ruhte ihre ganze Sehnsucht. Er war ein Genie. Ganz sicher war er ein Genie. Der jüngere, Robert, war ihre Freude. Er war wild und eigen. Wenn jemand Leichtigkeit in ihr Leben brachte, so war er es. Die Tochter, Christiane, war dazwischen. Sie war ein niedliches Mädchen, schüchtern, mit unnützen Talenten. Harald sagte, sie gehöre sowieso nicht in die Familie, würde eines Tages heiraten und einen anderen Namen haben. Augustine war stolz, auch eine Tochter zu haben, und sie bemühte sich, Christiane das zu vermitteln. Das Bemühen stand zwischen ihnen. Mit den Jahren fing die Ehe an, mühsam zu werden. Man hätte sagen können: Augustine war eine Frau mit Prinzipien und Harald ein Mann mit Gemüt. Dies war, theologisch betrachtet, Segen und Fluch zugleich: der Vater katholisch, die Mutter evangelisch. So hatte Robert sein Würstchen verschlungen, als der Vater fragte: „Na, willst du noch eins?" Der Junge nickte und es kam die ernüchternde Feststellung der Mutter: „Das zweite schmeckt auch nicht besser als das erste." So war das mit katholisch und evangelisch. Augustine ging mit den Kindern in die Kirche, aber sie glaubte nicht, dass es da jemanden gab, der es für sie richten würde. Sie glaubte an das eigene Tun, an Verantwortung, an Gerechtigkeit, Ehrlichkeit. Sie glaubte an die Moral, mit der sie lebte, die sie selbst vertrat und die sie von anderen uneingeschränkt erwartete. Sie glaubte nicht an Gott. Harald glaubte an Gott, aber wenn die Kirche begann, sonntags morgens, blieb er im Bett, schlief oder dachte darüber nach, was man eigentlich tun müsste, um das Richtige zu tun. Augustine hatte ihn genommen, weil sie wissen wollte, wie es ist, mit jemandem zu leben, der anders ist, der nicht passte und der dem Blick der Familie nicht standhielt. Sie dagegen hielt stand. Sie heiratete ihn und blieb mit ihm zusammen, dreißig Jahre. Er hatte sie hinreißend gefunden, damals, als er sie getroffen hatte. Sie war groß, sportlich, blond mit blauen, wachen Augen. Bildhübsch, wie er sagte. Und er, Harald, charmant, elegant und sinnlich, mit einem humorvollen Hang zur Selbstironie. Das gefiel ihr. Beide hatten sich in der Hotelfach-Lehre kennengelernt. Sie brach die Lehre ab und ging nach Spanien, er beendete sie und wurde Buchhändler. Sie heirateten heimlich in Spanien, und Augustine fühlte sich frei. Die Hochzeit fand in Málaga statt, Richard war schon unterwegs, und es war herrlich, dass es ihr Geheimnis war. Sie arbeitete in einer Schule und unterrichtete Deutsch und Englisch. Das machte ihr Spaß. Sie hatte Talent. Harald wollte sich auch Arbeit suchen. Als Buchhändler wäre es schwierig geworden. Er sprach kein Spanisch, aber das konnte er gut. Es klang wie spanische Musik, wenn er es sprach. Trotzdem bekam Augustine Zweifel. Sie vermisste ihren Bruder, ihre jüngste Schwester, ihr Zuhause. Sie gingen zurück und lebten zusammen in der Familienstadt, in der alle wohnten und in der sich alle gegenseitig beurteilten und behinderten. Der Blick der Familie schnürte Harald den Hals zu. Er sprach darüber. Augustine spürte auch diese Enge, aber sie konnte ihrer Familie nicht ausweichen und so spielte sie seine Ängste herunter. Sie arbeitete als Sekretärin. Das war nicht viel. Harald fand Arbeit in einer Buchhandlung. Professor oder Doktor hätte er sein sollen. Die Geringschätzung der Familie war das Gift ihrer Ehe. Beide lasen viel. Harald konnte mit Wortgewandtheit und Witz darüber berichten. Ob er die Literatur tatsächlich liebte oder nur das Reden darüber, wusste Augustine nicht. Aber das Reden war schon viel. Es machte Eindruck. Das war ihm wichtig. Wie alle Familien, die nach dem Krieg in kurzer Zeit zu Vermögen gekommen waren, hatte seine Familie sich an den Lebensstandard der Besseren schnell angepasst. Was das anging, so waren sie lernfähig. Haralds Vater war Textiler, wie er sich nannte. Er leitete ein Bekleidungshaus. Jeden Abend waren der Vater und seine Frau irgendwo eingeladen, und bei öffentlichen Veranstaltungen der Stadt fehlten sie nie. Sie setzten Maßstäbe, an die sich der Junge, mit dem sie sonst wenig anfangen konnten, gewöhnen sollte. Der Vater war stolz, ein Mann zu sein, bei dem es auf Geld nicht ankam.

Großspurig führte er seine zweite Frau, die schickste Frau der Stadt, in die schicksten Restaurants. Er lachte laut, erzählte schnoddrige Geschichtchen, und es gab kein Thema, zu dem er nicht irgendeinen Witz beigetragen hätte. Nie hatte Augustine ein ernsthaftes Wort von ihm gehört. Von seiner Frau auch nicht. Sie sprach weder ernst noch unernst, denn sie sprach nie, saß nur mit geradem Rücken und schönem Gesicht. Sprechen und Lachen hätten das Bild, das sie abgeben wollte, gestört. Haralds Mutter war anders. Da die Eltern schon geschieden waren, als sie Harald traf, hatte Augustine sie nur ein paar Mal gesehen. Ihr Lachen war eindrucksvoll. Ihre Stimme kam tief aus dem Keller und riesige Zähne stellten jede Art von Schmuck in den Schatten. Wenn sie rauchte, blieben winzige Stummel übrig, die sie in einer verbeulten Pullmoll-Dose verbarg, was Harald peinlich war. Er hatte ein paar Mal versucht, seine Mutter durch ein Silberdöschen davon abzubringen, aber die Blechdose blieb. Ein paar Jahre später nahm sie zu viele Tabletten und starb. Sie war allein und wusste nicht, was sie noch sollte. Harald hatte sie lange nicht gesehen und war erschüttert über ihr abgebrochenes Leben. Ohne Augustine fuhr er zur Beerdigung. Es war das einzige Mal, dass sie ihn laut und offen weinen sah.

Im Zusammenleben mit ihr kamen seine Eltern kaum vor. Augustine stieß sich an der Großmannssucht des Vaters und an der Verhuschtheit seiner Mutter. So sagte sie das. Nach wenigen

Jahren war das Vermögen des Vaters verloren. Harald wusste nicht, was geschehen war, und fing Jammern und Klagen am Telefon ab. Eindeutiges erfuhr man nicht. „Er ist ein Verschwender", sagte Augustine und als kurz darauf die Stiefmutter und binnen einer Woche der Vater starb, fuhr Harald zu beiden Beerdigungen wieder allein. Harald war enttäuscht. Der großsprecherische Vater hatte nur groß gesprochen und außer Geld gab es nichts wirklich Wertvolles, nichts, wofür es sich zu kämpfen lohnte, nichts, was etwas bedeutete. Also sprach er auch groß. Über Bücher. Über Literatur, die das Werk von anderen war, nicht seins. Als Buchhändler konnte er sie beurteilen, und das tat er, aber er konnte nur Gefühligkeit dazu entwickeln, keine Liebe. Nach außen ein Mensch mit Gemüt, Selbstironie und Humor, nach innen schwermütig und neidisch auf das Können von anderen. Über die Jahre entwickelte Harald seine Spott- und Augustine ihre Trunksucht. Währenddessen wünschte sie sich, es würde einmal so ablaufen wie in anderen Familien. Sie wünschte sich, dass Vereinbarungen eingehalten wurden, wie besprochen – schon der Kinder wegen. Augustine glaubte an die Erziehung und an die Notwendigkeit von Ausdauer, glaubte, dass man den Kindern Vertrauen vermitteln konnte, im Sinne von Zuverlässigkeit, Standfestigkeit und

Verantwortung. Danach versuchte sie zu handeln. Mit Harald stand sie damit allein. Er frönte leichtsinnig seinem Wankelmut, ungeachtet der Folgen für die Ehe und die Beziehung zu seinen Kindern. „Morgen gehen wir alle in den Zoo!" Am nächsten Morgen hatte Harald keine Lust, und sie blieben zu Haus. Er formulierte Gründe. Immer. Dauerhafte Unzuverlässigkeit in Gefühlen, Aussagen und Taten. Das Ergebnis war der Verlust von Vertrauen in das, was er sagte, in das, was er zu tun gedachte und auch in das, was er tat. Die Gründe waren fadenscheinig, manchmal vielleicht berechtigt und irgendwann ohne Bedeutung. Es wurde nicht mehr gemeinsam geplant, nicht mehr in die Ferien gefahren, nicht mehr ins Theater gegangen, nicht mehr gesprochen. Es gab eine Eigenschaft, um derentwillen Augustine ihn bewundert hatte: Seine Gefühle lagen offen. Wenn ihm etwas nicht passte, war er unerbittlich und seine Abneigung so stark, dass man danach nie mehr eine Gelegenheit hatte, es wiedergutzumachen. Anderseits war er dankbar. Hatte er einmal eine erfreuliche Erfahrung mit jemandem gemacht, wurde sie nie vergessen. Augustine hatte Vorstellungen, und die Kinder hatten von ihr gelernt, dass es einmal im Jahr ein Lebkuchenhaus gab. Das lachende Haus mit triefender Schokolade, fetten Keksen und Honigbonbons.

Das hatten nur sie, und das war Weihnachten. Der Lebkuchengeruch hockte in jeder Ritze des Hauses, und die Kinder wussten, was in dieser Zeit nachts geschah, wenn sie nicht schliefen, weil die Küchentür verschlossen war. Sie wussten auch, dass, wenn Augustine nicht schlief, das lachende Haus immer klebriger und bunter wurde. Dann der riesige Baum – der riesig zu sein hatte, um zu zeigen, wie gut es ihnen ging und der mithalten musste mit all den anderen riesigen Bäumen in der Familie – der riesige Baum stand in der Mitte und darum herum Mutter, Vater und drei Kinder, die sangen, was ein bisschen peinlich war und zu unterdrücktem Lachen führte. Augustine erzürnte sich über den Mangel an Ernsthaftigkeit, Harald und die Kinder beschwerten sich über den Mangel an Humor. Ihre Mutter sagte: „Ach, sie ist so wahnsinnig kategorisch!", aber Augustine arbeitete ausdauernd an einer Idee von Familienleben, trotz der Anstrengung, die damit verbunden war und trotz der entmutigenden Einwürfe ihres Mannes, der alles lächerlich machte. „Du bist doch nicht Sokrates!", sagte er, wenn Richard sich für Philosophie interessierte, und Christiane war auch nicht Picasso, nur weil sie malte.

Die Trennung von Harald vollzog sich langsam. Augustine setzte ihre Mittel ein, um zu zeigen:

Ich will dich nicht mehr. Aber sie sagte es nicht. Aus Angst vor dem eigenen Wunsch wartete sie solange, bis die Kinder ausgezogen waren. Abgesehen davon, dass sie jeden Abend, wenn Harald nach Hause kam, betrunken war, gab es viele Hinweise darauf, dass sie keine Lust mehr hatte, seine Frau zu sein. Niemand wollte diese Hinweise zu Ende denken, auch er nicht.

Mit einigen dieser Hinweise lebten sie jahrelang. „Mein Gott, wie du wieder aussiehst! Kannst du dir nicht mal was Netteres anziehen?" Wie oft sie das von ihrem Mann gehört hatte. Es bestätigte sie darin, dass er nicht wusste, worauf es ankam. Sie freute sich nicht, wenn er nach Hause kam, sie freute sich nicht, ihn zu sehen, sie hatte keine Lust, schön für ihn zu sein und sie hatte kein Geschick dazu. Sie wurde immer hässlicher, er wurde immer fetter. Harald legte Wert auf Garderobe, dafür war er bekannt. Und während er sich mit seiner Frau schämte und die gemeinsamen Wege seltener wurden, ließ sie sich gehen. Manchmal gab es ein Geschenk ihres Bruders. Er führte Augustine dann in Bekleidungsgeschäfte, und sie sollte sich etwas Schönes aussuchen. Sie war zu klug, um nicht zu verstehen: Man nennt es Spende. Sie wollte nicht und suchte sich etwas Einfaches aus. Der Bruder verstand nicht, Harald beklagte sich, aber sie hatte einen ganzen Nachmittag mit ihrem Bruder verbracht. Selten kam das vor. Wirklich unterhalten konnte man sich nicht mit ihm. Es war ganz sicher anstrengend, immer großartig zu sein, aber sie liebte es wie alle anderen, ihn großartig finden zu dürfen. Ein Missverhältnis, keine Beziehung. Fotos aus dieser Zeit ließen sie um Jahre älter aussehen, grau in grau mit fahlem Haar und ungeschminkt. Sie wollte nicht, und sie zeigte es. Die Zeit der Schönheit war vorbei – wenn es die je gegeben hatte. Für die Kinder kochte Augustine fast jeden Tag, wenn sie aus der Schule kamen, auch als sie selbst noch als Sekretärin arbeitete. Sie gab sich Mühe und experimentierte manchmal, aber selten machte es Spaß. Es gelang ihr nicht viel. Es fehlte ihr an Geduld, aber man musste eben essen, und man musste satt werden. Nahrungsaufnahme, wenn man Hunger hatte. Das war früher so, in der verschreckten Zeit, die sie alle zusammen auf dem Land in Angst verbracht hatten, die ganze übrig gebliebene Familie, die nicht im Krieg war so wie der Vater. So war das, als alle da saßen, zehn Kinder um den Tisch herum, und warteten, bis die Frauen abends irgendetwas zu Essen organisiert hatten, Brot oder ein bisschen Speck. Wenn man dann aß, waren das Rettungsmaßnahmen, eilig und angstbesetzt; und man wusste nicht, wann es wieder etwas gab und aß schnell, obwohl man es hätte genießen sollen und auskosten, Bissen für Bissen, das Wenige, was man hatte. Nie hatte sich das verändert, das Gefühl, dass Essen dem Zweck diente, satt zu werden. Genuss und Essen hatten sich für Augustine nie verbunden. So mussten sie und die Kinder mittags gemeinsam da durch. Das klappte auch irgendwie. Und nachdem sie das Mittagessen hinter sich gebracht hatten, spielte sie mit den beiden Großen Scrabble. Augustine war Meisterin darin. Richard legte Blindwort. „Blindwort gibt es nicht.", nörgelte Christiane. „Doch, Blindwort!", schrie Richard, mit roten Flecken im Gesicht. „Was soll das sein? Dann erkläre es doch mal!", rief die Tochter aufgebracht, die kommende Ungerechtigkeit im Blick. Es gab ein heimliches Abkommen zwischen Mutter und Sohn. Es hieß: Er ist Sieger. Und so wurde das Spiel derart gelenkt, dass dies auch geschah. Richard hatte das Spiel gewonnen, noch ehe es begann. „Wenn es ein Wort nicht gibt, dann ist es ein Blindwort. Blindwort eben!" Augustine war belustigt. „Das gibt es aber nicht", schrie die Tochter. „Ja, es ist eben ein Blindwort. Du kannst ja nachsehen!", rief Richard. Blinder Wille! „Jetzt setzt euch wieder hin und hört auf zu streiten. Wir lassen das Wort heute mal stehen. Aber nur heute", sagte Augustine. Sie löste den Konflikt mit pädagogischem Geschick. Die Tochter weinte, und Augustine tröstete sie, ohne ein Kichern zu verbergen. Es war ja nicht so schlimm, und Christiane lernte, was Augustine längst wusste und was sie selbst seit Jahren ihrer eigenen Mutter hinterherle bte: Männer sind wichtiger.

Wenn Besuch zum Essen kam, wurden die Mahlzeiten zum Boxkampf. Es wurde weniger gegessen als geredet. Nur die Spieler bekamen was in die Fresse, die anderen waren unsichtbar und die Schläge auch. Sie taten dennoch ihre Wirkung und vertrieben den Mut. Das sollte auch so sein, denn die Mutlosen sollten nicht spielen, sondern den Spielern beim Kampf zusehen. Die Rollen standen von Anfang an fest, und über Jahre waren es immer die gleichen. Das Spiel war schnell, und man musste wachsam sein wie ein Terrier, der sofort zubiss, schnell und unnachgiebig. Immer liefern, nicht aufhören oben zu sein, dabei zu bleiben, sich zu verteidigen, immer jagen, nach Zahlen, Namen, Zusammenhängen, schneller und lauter. Wer zu langsam war, bezahlte sofort, denn der missachtende Schlag saß tief. Der Boxkampf fand in Form eines Gruppen-Rate-und-Antwort-Spiels statt. Jeder, der am Tisch saß, nahm am Boxkampf teil, ob er wollte oder nicht. Themen wurden wahllos und stracks gewählt, sie kamen und gingen ohne ausgiebig besprochen zu werden. Dazu fehlte die Zeit. Es herrschte eine aufgeheizte, nervöse Stimmung, in der es vor allem darum ging, sich zu messen und der Beste zu sein. A sagte: Der eine Sohn des englischen Philosophen – B quatschte rein und sagte den Namen – A: … hatte ein Buch – C unterbrach und wusste gleich den Titel – A: … über seinen Onkel –B ergänzte aufgeregt den Namen des Onkels – C: … 1940 geboren – A: … der auch Philosoph war, geschrieben. – D fragte, ob es eine Autobiografie sei – C: Ja, es ist ein autobiografisches Buch, das aber zeigt, wie unterschiedlich die beiden Brüder in ihren Theorien … – A: Die beiden Brüder haben sich also sehr verschieden entwickelt. – B: Na, der eine wurde Faschist. – C: Der ist 2003 gestorben – B: … in Frankreich, er wohnte an der Ardèche – C: Der andere wohnte auch da – A: Ja, aber … – B: Das war der, der mit der Schauspielerin verheiratet war, aus Italien. – A: Aber das Buch hat schlechte Kritiken bekommen – C: Ja, in der ›Süddeutschen‹ stand – B: … vor zwei Tagen, ich hab's auch gelesen – C: … dass der andere Bruder eigentlich auch nicht mehr einverstanden war. – A: Das waren ja Zwillinge … – Augustine liebte es, den Sieger mit Lob zu krönen; Harald liebte es, den Verlierer mit spöttischen Bemerkungen zu beschämen. Augustine selbst bewegte sich im oberen Mittelfeld. Sie war deshalb überlegen, weil sie dem Kampf mit ehrgeiziger Belustigung beiwohnte, ohne ihn allzu ernst zu nehmen. Aber den Sieger, den wollte sie nur, wenn er Richard hieß. Und das hieß er auch. Zuverlässig hatte dieser Junge jahrelang der Mutter den gewünschten Sieger gemacht. Die einfache Frage „Wie geht es dir?" hätte in dieser Runde einer Kampfansage entsprochen – für einen kurzen Moment –, dann wäre sie schütter in ratloses Kichern zerfallen und der Boxkampf wäre weitergegangen.

Dass Augustine keine Lust mehr auf die Ehe mit Harald hatte, zeigte sich ganz besonders abends, wenn Harald nach Hause kam und sie nichts mehr kochen wollte. Normalerweise endete es nachmittags um sechs. Da war die Flasche Wein getrunken und die Mutter und Ehefrau nicht mehr in der Lage, sich an irgendetwas bewusst zu beteiligen. Freunde und Geschäftspartner hatten ab dann keinen Zutritt mehr, und das gesellschaftliche Leben fand ohne Augustine statt, entweder außerhalb des Hauses oder in den einzelnen Zimmern. Augustine saß dann allein in ihrem Sessel, in den sie im Laufe des Abends immer tiefer hineinsank, so lange, bis sie eines der Kinder oder Harald nach oben brachte.

Augustine sah sich ihre Hände an. Sie waren groß, die Fingernägel lackiert. Das waren sie immer, sonst hätte sie sie abgekaut. Sie brachte diese Hände nicht mit sich zusammen. Sie erkannte ihr Alter. Die Hände sagten es ihr. Und dann denkt man darüber nach, was es war, das Leben, das die Hände so hat altern lassen. War sie dabei? Bloß nicht fragen. Das Warum ist gefährlich. Es will immer eine Antwort, und wenn man der Worte mächtig ist, wird es die geben. Die Wortgewalt eines gewichtigen Grundes ist wie ein Rausch, der einen davonträgt, weit weg von sich selbst. Da ist man dann in der Ferne, und manchmal, wenn der Nebel sich lichtet, dann sieht man ihn, Gott sei Dank, den riesigen Wald aus Gründen, jeder einzelne ein fester Stamm, so fest, dass nichts, noch nicht einmal ein Lichtscheinchen, dazwischen huschen kann. Dunkel und mächtig stehen sie da, die Antworten und Schlussfolgerungen, in denen man sich vergründelt, bis man verlassen ist in der Masse der angestrengten Weisheiten. Die Wortmächtigen haben immer große Gründe, die mit großen Worten aus großen Mündern kommen. Die Stimmen sind laut, und alle hören die großen Gründe, die mit großen Worten aufgenommen werden in das Reich derer, die gute Gründe haben für das Warum, und Fragen, die unbeachtet vom

Wind leichthin durch die Lüfte getragen werden, verlieren sich traurig im Nirgendwo. Augustine gehörte dazu, ins Reich derer, die Gründe haben. Heute nicht mehr. Die Gründe sind weg wie die Worte. In der Liebe müsste sie heute mit einem einfachen „Ja" auskommen, früher wurde die Liebe, wenn es gut lief, erklärt, so wie man den Krieg erklärte. Das passte zu Walther. Von ihm kam nur noch Erklärung, und die Liebe hatte sich irgendwo im Gestrüpp zwischen den Gründen und den dazu passenden Worten verloren. Aber sie hatten die Übereinkunft getroffen, ab jetzt zusammen glücklich zu sein. Also vergründeten Augustine und Walther ihre Liebe und ihr Leben. Sie klebten aneinander mit der Begründung, sich zusammenzutun, weil die Liebe das forderte. Der Vertrag wurde eingehalten, aber auch das Glück ging verloren zwischen Absicht, Bekenntnis, Zuverlässigkeit und Pflicht. Es gab kleine Momente, in denen kurz ein helles, im Ansatz jubelndes ü am Himmel erschien, und als sie ein Wort dafür finden wollte, blieb ihr das Glück im Halse stecken. Momente des Glücks wollen nur Hauch sein. Heute weiß sie das. Worte haben es nie beschrieben. Es war nie schön, dachte sie. Sich zusammentun kann nie schön sein. Es kann klug sein, praktisch sein, billiger sein, aber nicht Liebe sein. Stattdessen klebte immer etwas. Als sie Kind war, klebte sie am Vater. Dann an Harald, dann an den Kindern, dann an Walther, oder es klebte alles an ihr. Immer klebte es. Wie wenn man Kaugummi kaut und die ganze Trägheit des Alltags in der Mundhöhle massiert, die schon ganz taub ist vom trostlosen Wieder- und Wiederkäuen. Dieses tumbe Wieder und Wieder hat auch seinen Reiz; sich dem Stumpfsinn hinzugeben und den Geschmacksrest zu erahnen, den es da einmal gegeben hat. Jahrelang hat man ihm hinterhergespürt, dem, was da einmal war und was man Erinnern nennt und das im Dunkeln geschieht, wie in der Mundhöhle. Da tummeln sich die wahren und unwahren Erlebnisse, die niemand sonst weiß, weil sie nur von diesem Einen gedacht wurden, und der weiß es nur so, wie er es weiß, und all das schimmelt mit der Zeit vor sich hin und bildet einen Pilz, der vor lauter Kompromissen wie alle Pilze nur im Dunkeln weiterwächst und modrig schmeckt und manchmal bitter. An diesen Pilz, der ein fester, verklebter Klumpen ist, kommt kein Licht, denn nur im Dunkeln kann sich das Angebliche weiter ausbreiten und von sich behaupten, es sei das Leben gewesen. Der Klumpen aus Einbildungen, Erklärungen und Selbsttäuschungen, und dazwischen ein paar Ereignisse, die für all dies Anlass waren.

Wenn sich der bittere Geschmack in der Mundhöhle ausbreitet, erinnert man sich wieder, dass man gelebt hat. Gegen das Bittere hilft Kaugummi mit Pfefferminzgeschmack. Seit sie dieses Zeug kaut, raucht sie weniger. Am Anfang ist er frisch, breitet sich im Mund aus, und das Modrige verschwindet, die Schultern gehen nach hinten, der Gang richtet sich auf, und das Leben kann neu beginnen für einen Moment. Jetzt schiebt man diese klebrige Masse zwischen den Backenzähnen herum, man fühlt sich frisch und neu, aber schon nach kurzer Zeit ist der Geschmack weg und das sinnlose Wiederkäuen beginnt von vorne, und der Mund wird schon ganz lahm, wenn man kaut und kaut und das Ding zu lange behält. Wohin jetzt damit? Drecksding. Und spuck! Auf den Asphalt! Mitten auf den Gehweg. Das ist ein Vergnügen! Der nächste landet – niemand hat's gesehen – zwischen zwei Seiten einer Zeitschrift beim Zahnarzt. So einfach ist das. Oder im Handschuh – die Frau hat das Ding dann am Finger. Pech, Schatzi. So kann's gehen. Hier geht es nicht um Schadenfreude, hier geht es um Anarchie! Es ist wie früher, als sie klein war. Früher gab es genug Verbote. Heute werden sie nicht mehr ausgesprochen, heute weiß man um sie. Bei dem Wort Verbot formt sich der Mund wie ein Stoppschild. Dagegen spuckt sie jetzt lieber.

Augustine hatte Angst vor dem Tag. Raupendasein. Sie kroch in der Erde und suchte nach Worten.

Du lässt nach, und das, was du vorher an Zuviel bemüht hast, tust du jetzt zu wenig. Aber ganz gleich, was es ist, es tut dir nicht gut.

Das hast du nun davon, du dummes Tier, selbst zum Saufen hast du dich selbst getragen, und das Selbst war nicht leicht. Nur abends hast du dich gehen lassen, endlich weniger gewollt, hat ja keiner gesehen, nur die Kinder und der Mann, und dunkel war es auch. Aber man hat's doch gesehen, und jetzt kommt das Vergessen in anderer Gestalt, jetzt passt die Strafe zu deinem Leben und selbstverständlich: Auch der Abschied ist entbehrlich und freudlos. Der Protestantismus ist eben hart wie Stein, und Nachlassen darf man nie. Du hast es doch gewusst … Das Vergessen sollte es also sein.

Die Dumpfheit dauert lang. Da kennt sie nichts, wütet gegen die kostbare Zeit, die plötzlich nicht mehr ist. Nichts ist mehr. Die Dumpfheit, sie wendet sich gegen alles, was war, alles, was wer, alles, was warum. Und das Heute ist ganz kurz, nur der Moment, in dem es geschieht. Danach –

vorbei. Der Körper macht das schon irgendwie. Nimmt Nahrung auf, gibt sie ab, schläft, steht auf, sitzt. Er macht das irgendwie und lässt alles mit sich machen. Der Geist nicht. Er weiß nichts mehr, lebt von gegenwärtigen Augenblicken, von Geistesblitzen, von flüchtigen Regungen. Nur die Momente, in denen etwas geschieht, sind alles - alles, was möglich ist. Denn der Geist verliert diesen Moment sofort wieder, als wäre er nicht gewesen. Erinnerung gibt es nicht, nur die Dumpfheit, ewige. Als sie begann sich festzusetzen, hatte man Erklärungen; zunächst nur man selbst, im Stillen, dann kamen die anderen zu Hilfe. Je stärker die Dumpfheit, desto heftiger die Erklärungen. Und man änderte das Verhalten, hatte seine Tricks, wusste die Dumpfheit zu überspielen. Aber sie blieb, wurde stärker. Man überspielte und sorgte sich allein, teilte die Zweifel nicht mehr mit anderen, und die Veränderung des eigenen Ich wurde Teil des Wegs. Die Worte gingen zuerst. Augustine fand sie nicht mehr. Sie musste suchen. Eine lästige Sache. Ja, sie wusste, das passierte auch anderen. Aber sie hatte immer die Worte gefunden. Die Sprache war ihre Gewissheit, ihr Zuhause, das, was nur sie hatte. Ihre Gedanken, ganz allein, ihre Gefühle, ihre Erinnerungen, ihre Erfahrungen, ihre Wünsche. Das, was in ihr wohnte, worin sie lebte. Ihr Zuhaus, es verschwand in ihr. Am Anfang konnte sie zusehen, später nicht mehr. Die Dumpfheit, wie sollte man sie beschreiben? Das Hirn – Momente lang war es weg, was auch immer es war, Vergesslichkeit, der Geist ganz abwesend, es blieben nur Gedankenreste, alles andere war verloren im Hohlraum des Hirns und schwamm im Nichts, das schwer nach unten in die Erde zog.

Aber noch wollte sie nicht. Das war nicht die heilende Seligkeit, die einen befreite aus Enge und Beklemmung, das war Kummer über das, was verloren war, über die Unbefangenheit, den Mund zu öffnen und zu sagen, was man dachte. Das ging nicht mehr, weil man nicht wusste, was man dachte und die Worte im Hals stecken blieben. Sie ließen nur ein Restwürgen zu, und die Dumpfheit plagte Hirn und Leib gleichermaßen und unabwendbar. Der Gram legte sich auf die Seele, denn der lang trainierte, jetzt unzuverlässige Geist verlor sich dumm im Hirndickicht. Ab jetzt war die Sprache ein Irrweg. Es gab so viele Gedanken. Welches Wort sollte sie nehmen? Diese Unordnung im Kopf, diese Wirrnis. Alle Worte drängten sich gleichzeitig nach vorn. Stumme Verzweiflung. Augustine weinte nach innen, ohne Tränen. Und als die Dumpfheit sich ausbreitete in den Gedanken, in den Handlungen, sichtbar für alle, dann war es so. Trauer und Dumpfheit machten Platz für das Nichts, und dann geschah es nur noch.

„Ich muss ein Buch kaufen, aber ich weiß nicht, wie es heißt."

Es war nur ein Schlüssel. Sie hatte ihn mal wieder verlegt. Jeder verlegt seinen Schlüssel. Das ist nun wirklich nichts Beunruhigendes. Aber es war beunruhigend, denn es geschah zu oft. Augustine war in der Buchhandlung: Ich muss ein Buch kaufen, aber ich weiß nicht, wie es heißt. Die Verkäuferin stand vor ihr und sah sie an, aber Augustine sagte nichts. Sie drehte sich weg und ging nach draußen, als hätte sie einen Schlag bekommen. Um welches verdammte Buch ging es? Es war nicht wichtig. Es war nicht wichtig! Sie hatten sowieso zu viele Bücher. In der Stadt traf sie Walther und sie tranken Kaffee. Sie liebte es nicht, im Café zu sitzen. Zu voll, zu eng, zu viele unbekannte Leute und zu teuer. Sie ging Walther zuliebe und der Abwechslung wegen. Ab und zu mal raus. Spazieren gehen wäre ihr lieber gewesen. Aber nicht sinnloses Umherlaufen. Sie sammelte gern Pilze oder suchte Beeren. Das hatten sie früher oft gemacht mit ihren Kindern und Harald. Augustine kannte sich zwar aus, aber er hatte kein Vertrauen in ihre Kenntnisse und Angst, sie alle könnten sich vergiften. Wenn es eine Sache zu behindern gab, hatte Harald immer Gründe. Augustine grub auch gerne im Garten und pflanzte Blumen oder Gemüse an. Harald sagte: „Du liebst sie doch gar nicht, die Natur!“ Ich weiß nicht, dachte sie. Wahrscheinlich hatte er recht. Zur Natur hatte sie sicher wenig Bezug. Es war mehr das Sich-da-rum-Kümmern und der Duft, der Duft von Regen oder der Erde, der Duft von Holz oder Verwitterung. Aber liebte man deshalb die Natur? „Warst du in der Buchhandlung?“ Walther vergaß nie etwas. „Ja, ich war dort, aber das Buch war weg!“ „Wie, weg?“ „Es war eben weg. Es war weg, ganz einfach.“ Er sah sie an. Dieser Blick! „Was fragst du mich überhaupt dauernd solche Nebensächlichkeiten! Dann geh doch und kauf es selbst.“ „Aber wir hatten doch vereinbart…“ „Dann hatten wir eben Scheiße vereinbart!“ Augustine schrie und rannte nach draußen. Walther, der immer eine Lösung hatte, lief hinter ihr her. „Walther, ich habe keine Kraft mehr.“ Er war bestürzt, weil sie weinte. Sie standen vor dem Café und Walther nahm ihre Hand. „Man ist nie allein. Immer gibt es jemanden, dem man gefühlsmäßig zuarbeitet.“ „Wie meinst du das?“, fragte er. „Ich weiß nicht … Die Art und Weise, wie man das tun muss, richtet sich danach, wie der andere ist. Wie der Charakter ist, meine ich.“ „Wenn du alles als Pflicht begreifst, ist es kein Wunder, dass du nicht mehr kannst.“ Augustine überlegte. Bei Harald war es anders als bei Walther; bei Richard anders, anders als bei Robert. Bei ihrer Mutter, bei ihrem Bruder, immer, immer anders. Aber sie selbst war immer gleich. Wie konnte das gehen? Die Umsicht, in der man sich selbst verlor. Jetzt war es Walther, der bestürzt war über ihr Verhalten und sie musste sich auf ihn einstellen. „Ja, ich weiß auch nicht, was los ist, ich bin ein bisschen mitgenommen, es war anstrengend in letzter Zeit.“ „Und das Buch, was ist denn jetzt mit dem Buch?“ „Das Buch ist tot“, schrie Augustine und weinte.

Im Traum ging sie die Straße entlang, sie kam vom Einkaufen. Es war Nachmittag, das Licht dämmerig und die schweren Tüten zogen an den Armen. Sie blieb stehen, um eine Pause zu machen. Es vergingen Minuten, und da sie nicht gerne stand, setzte sie sich an den Bordstein. Sie saß dort eine Weile und rauchte ein paar Zigaretten. Es wurde schon dunkel, ein Wagen hielt. „Ich fahre nach Osten!“ Sie stand auf, stieg in das fremde Auto, sie fuhren los, die Tüten standen am Bordstein.

Die Familie war groß. Frauen gab es da viele. Augustine hatte zwei Schwestern und über zehn Cousinen. Die Frauen kannten sich untereinander gut, viele hatten in den Fünfziger- und Sechzigerjahren geheiratet, man verbrachte viel Zeit miteinander, mal mit, mal ohne Männer. Fast alle wohnten in der gleichen Stadt oder im Umland, man besuchte sich abwechselnd in den jeweiligen Häusern oder großzügigen Wohnungen, feierte Feste, fuhr an Wochenenden gemeinsam zu Flohmärkten, machte sich gegenseitig zu Trauzeugen oder Taufpaten der Kinder, man verreiste sogar zusammen in größeren Gruppen, so wie früher, als sie selbst Kinder waren. Es gab regen Austausch, wie unter Freundinnen. Zwischen den Siebziger- und Achtzigerjahren gingen die Ehen auseinander, manche laut in die Brüche, Scheidungen folgten. Und immer, wenn eine dieser Frauen ihren Mann verließ, war es für alle anderen eine Überraschung. Sie waren vertraut mit den Umständen, in denen die befreundeten Paare lebten und waren verwundert, als die sich trennten. Die Verwunderung kam, weil man sich bei aller Nähe nicht offen austauschte. Es wurde geredet, über die Arbeit, das Studium, die Kinder und deren Begabungen und Anforderungen, über Reisen, kleine Hindernisse im alltäglichen Leben, über Musik und Literatur. Die Freundinnen sprachen nicht über ihre Beziehungen und Schwierigkeiten, die es gab. Sie sprachen nicht über Partnerschaft, Sexualität, Krankheiten, Politik und Geld. All diese Dinge und auch der eigene Mann klebten zu sehr am Ich. Man offenbarte sich nicht. Es war peinlich für eine Frau, wenn die Ehe scheiterte. Sie hatte nicht genügt, und wenn der beschämende Weg dahin sich abzeichnete, schwieg man lieber.

Für Therapeuten war es einträglich, dass eine achtbare Frau es mit ihrem Mann bis ans Lebensende aushalten sollte, dies aber in den meisten Fällen nicht funktionierte. Wenn es schwierig wurde, stand er bereit. Meist stocherte die Frau mit dem Fremden in den Ursachen und suchte nach Fehlleitungen, die weit zurück in der Vergangenheit lagen. Die Ergebnisse dieses emsigen Forschens wurden dann sehr wohl besprochen, überall und ausgiebig, aber meist waren die Trennungen da schon vollzogen. Das anstrengende Pulen nach Kieselsteinen in der mit feinem Sand bestückten Spielkiste, deren Holz inzwischen vermodert war, machte süchtig. Zusammen mit dem Therapeuten fand man immer etwas. Die Steinchen wurden gehortet und langwierig, in immer wieder sich bestätigenden Gesprächen und analysierten Verhaltensweisen, zu schillernden Edelsteinen geschliffen. Sie waren wertvoll, denn mit diesen Steinen mauerten sie ihre Angst zu vor dem Blick nach vorne.

Ach, Walther, was sollen wir tun? Hast du nicht immer eine Lösung? Jetzt? Heute? Nein, Walther hatte keine. Manchmal dachte er, er könne ihr eine Freude machen, wie früher. Dann besorgte er Karten, und sie gingen in die Oper oder ins Konzert. Jahrelang waren sie zu solchen Ereignissen gegangen. Jetzt waren alle fremd. Die Menschen zu viele. Der Raum zu groß. Sie wurde umständlich an ihren Platz geführt, aber wie sollte sie ihn je wiederfinden? Walther durfte sie nicht allein lassen. Das war hier zu gefährlich. Dann wurde es dunkel. Sie nahm Walthers Hand. Vorne geschahen undurchsichtige Dinge. Zwischendurch fuhr sie zusammen, wenn die Bleche zusammenschlugen oder wenn applaudiert wurde. Sie gingen meist in der Pause nach Hause, und Walther brauchte Stunden, um Augustine zu beruhigen. Nein, er hatte keine Lösung. Früher mochte sie Musik. Musik lieber als Theater, Oper lieber als Konzerte, Malerei lieber als Fotografie, aber Bilder blieben ihr immer fremd. Literatur machte ihr Angst. Literatur hieß Gefühl und Kenntnis. Sachbücher waren leichter. Das Fachgebiet stand schützend davor und gab den Grund. Kammerkonzerte blieben im Laufe der Jahre übrig. Sie freute sich dann auf den Abend, und wenn sie der Musik lauschte, dachte sie darüber nach, dass sie da saß und der Musik lauschte. Die Klänge waren dumpf und fern, sie flogen an Augustine vorbei und wurden von Bildern geschluckt, die sie vor sich sah und die ihr das Zuhören nahmen. Die Bilder zeigten sie selbst, wie sie dort saß, die Hände in den Schoß gelegt, mit ihrem reglosen Gesicht, brav und müde, mit den inzwischen grauen Haaren, mit dem Kleid, das Walther ihr gekauft hatte und das ein Puppenkleid war und jugendlich wirkte, wie die Verkäuferin gesagt hatte. Sie sah sich selbst dort sitzen, ein Mädchen, das Musik hörte und nichts davon verstand, das aber trotzdem hier saß. Warum war sie hier? Was wollte sie, was hörte sie? Was hatte sie mit diesen Leuten zu tun, die da irgendwelche Töne auf Werkzeugen spielten, die man Instrumente nannte, die ihr, Augustine, zu einem Ausnahmemoment verhelfen sollten, was sie selbst nicht wollte, grundsätzlich nicht mochte, den sie nicht verstand, der mit ihr nichts zu tun hatte, und auch nichts mit Walther, der neben ihr saß, fast andächtig lauschend – was hörte er? Er trug einen Anzug mit Krawatte und sah aus wie jemand, der alles richtig machte und gerade in dem Moment nahm er ihre Hand, als sie weinen wollte, weil sie darüber nachdachte, dass sie nicht zuhören konnte, weil sie sich selbst sah, wie sie zuhörte und nicht wusste warum. Sie bewegte leicht den Mund, um vielleicht zu lächeln, alles wie ein Mädchen, das sich nicht traute und Töne hörte, von denen man sagte, dass es Musik von Beethoven war, die aber immer mehr zum fernen Klangrauschen wurde, weil Augustine nur sich selbst sah, ganz damit befasst, den Grund ihres Hierseins zu ergründen. Es war immer der gleiche: Er galt dem Austausch mit den anderen nach der Veranstaltung. Und so saß sie wieder im Konzert, auf das sie sich den ganzen Tag gefreut hatte, aber die Hände waren kalt, Gesicht und Hals wie Eis, die Freude des Tages der Verkrampfung gewichen, die Meinung und flüchtige Kennerschaft hieß und im Nachgang abgefragt wurde. Was war mit den anderen? Konnten sie hören und sich selbst dabei vergessen? Sich nur der Musik widmen, sich ihr ganz hingeben, ohne sich selbst im Blick? War sie die Einzige, die nicht weg konnte von sich?

Die eigenen Sinne beobachten, was man tut und wie man es tut. Sie stehen außen, sind Mahner, Aufpasser, Verhinderer. Augustine drückt sie mit dem Kopf tief nach unten in den Alkohol, bis sie lahm werden und lahm und noch mal lahm, und dann hat es endlich ein Ende, das ständige

Zuschauen, das Beurteilen und Hetzen gegen sich selbst. In diesen lahmen Momenten sind es die eigenen Sinne auch. Wie egal es plötzlich ist, wie wunderbar egal. Weil die Sinne aber ohne Alkohol alles wissen wollen und unerbittlich wach sind, pfuschen sie in ihr Leben und fragen: Warum singst du hier? Die Antwort weiß sie nicht, sie denkt darüber nach und hört nichts mehr, singt nicht mehr, fühlt nicht mehr. Die Töne laufen weiter ohne sie, sie ist nicht mehr dabei, das Pendel schwingt nicht mehr gleichmäßig, der Klang ist hohl und leblos, und Augustine muss sich anstrengen. Sie muss sich immer anstrengen. Sie kennt das schon, und immer weiter fragen die Sinne, warum sie schwingt, wenn sie schwingt. Am Ende weiß sie nicht mehr, ob sie mitgesungen hat mit den anderen. Die machen das gut, es wäre schön, wenn sie das auch so könnte. Wie sollte man für etwas brennen, wenn man sich selbst ständig beim Zündeln zusah? Das Feuer blieb meist klein, und wenn es doch einmal stark aufloderte, wurde es von ihr und den anderen erschreckt zur Kenntnis genommen. Augustine nannte das lodernde Etwas schuldbewusst Jähzorn, und sie blieb dabei, es klein zu halten.

Sie wollte nie eine Raupe sein. Aber es war auch angenehm, wenn jemand wusste. Und die Männer wussten. Und gut zu singen war schwer. Einfach atmen. Die Worte kommen schon irgendwie.

Die Augen sehen nicht alles, aber dann sehen es die Füße, wenn es schmerzt, weil die Schuhe zu dünn sind und sich auf dem Weg die Spitzen der Steine hineinbohren, dann sehen die Füße die spitzen Steine. Die Worte sehen sie auch nicht, die Augen, aber der Magen sieht die Einschläge, wenn jedes einzelne harte Wort drückt und eine Beule bei sich macht, weil die Worte treffen wie ein Schlag. Das sehen die Augen nicht. Sie sehen nicht, wenn die Haut kalt ist oder heiß, sie sehen die Tropfen auf der Haut, weil sie nass ist, aber sie sehen nicht die Angst, wenn der Flaschenwald um einen herum wächst und wächst, wenn das Angstgestrüpp des Waldes höher und höher wird, wenn die Tropfen auf die Stirn kommen, wenn die Tropfen laufen und laufen, Abend für Abend, weil man den Flaschenwald fürchtet und ihm nicht entkommen kann, nicht weiß, wie entfliehen. Das sehen die Stirn, die Beine, die Brust, denn die Tropfen laufen, und wie sie laufen, das sieht auch der Hals, der alles trinken muss, was da hineingeschüttet wird, und wenn auch die Augen schon zu sind, so sehen es die Sinne, sie sehen, dass sie getrübt sind von all dem Zeug aus dem Flaschenwald, der immer größer und größer wird und der einen flach und vergessen macht und schlafen lässt bis zum nächsten Morgen. Die Augen sehen nicht alles, aber das Blut sieht alles, wenn es angefüllt ist von der Flüssigkeit, die den Körper aufgeschwemmt hat, sodass er träge schwimmt in diesem Zeug, das einen in diesem Augenblick des tölpelnden Paddelns entspannen lässt. Vergessen und verloren. Das ver ist verloren für immer. Vergessen auch. Ver ist endgültig. Ver ist Angst. Das alles sehen die Augen nicht, und doch bleibt nichts ungesehen. Man kann nicht heimlich sein vor sich.

Als Augustines Mutter starb, war es, als hätte sie nicht nur ihre Mutter, sondern auch ihre Lebenskraft verlassen. Die Mutter hatte alles mitgenommen, aber Augustine war nicht traurig. Keine Trauer, keine Erleichterung, kein Bedauern. Nichts. Vielleicht war die Mutter auch zu spät gestorben. Zu spät, um Augustine in angemessene Gefühle der Trauer zu versetzen. Es war zu viel Zeit vergangen. Zeit, in der sie von der Mutter gelernt hatte, dass Geringschätzung ihrer Tochter gegenüber das einzige Gefühl war, mit dem Augustine zu rechnen hatte. Die Bemühung, weitere Empfindungen für die Mutter aufzubringen, war weg. Sie brachte nichts mehr auf. Keine Trauer, keine Freude. Fad war ihr. Monate, Jahre waren fad.

Dabei war das, was sie hatte, gut. Drei Kinder, alle gesund, alle studiert. Sie selbst inzwischen verheiratet mit dem Personalchef einer großen Firma. Sie hatten Geld, jetzt, nachdem sie den ersten Mann verlassen hatte, sie machten Reisen, hatten eine schöne Wohnung in der Mitte der Stadt. Es war die Sprache, die ihr half, das fade Leben gutzureden und all die guten Umstände ließen es weniger fad erscheinen. Die Sprache überging Augustines Opfer, das notwendig war, um diese Umstände zu erhalten. Das Opfer, das der Verlust ihrer eigenen Wünsche war, die sie entsprechend nicht mehr benennen konnte, nicht mehr wusste. Welche Wünsche waren es überhaupt? Das Loch war im Kopf. Da half die Sprache nicht. Worte über Wünsche waren verlorene Worte. Sie wurden zur Last, und ihre Sehnsucht steckte einfach im Hals und blockierte das Atmen. Alles, das Fade und die Sehnsucht, würgten in Augustines Innerem, Tag und Nacht, sie rieben sich aneinander und trieben in Hals und Magen ihr Unwesen, mal als passiver Kloß, mal als rebellischer Verursacher von Brechreiz. Fragen, Wünsche, Ahnungen und Hoffnungen: Alles, was sie nicht gelebt hatte, wollte raus. Es war falsch zu glauben, die Sprache könne alles regeln. Man müsse es nur sagen und man habe Klarheit. Selbst wenn man die richtigen Worte fände, man würde sie an jemanden richten, der sie nicht versteht.

Mehr als sonst fühlte sich Augustine allein. Die Freundlichkeit der anderen verhinderte, dass sie sie wahrnahmen. „Ich vergesse alles", sagte sie immer wieder knapp, und in den Graben fielen – Wort für Wort – Binsenweisheiten. „Das geht mir auch oft so. Ich komme rein in den Raum und weiß nicht mehr, was ich sagen wollte." Ja, nur hier ist es anders. Es geht darum, etwas zu begreifen. Sie wiederholte also noch einmal, immer in kleineren Abständen. Lahme Beschwichtigung. Lange war es die Achtlosigkeit, die sie störte, später dann, dass sie wirklich vergaß. Störungen wurden lieblich geredet, Fürsorge wurde vorgegeben. Augustine versuchte es wieder: „Es ist anders bei mir. Ich vergesse die einfachsten Dinge. Namen, Verabredungen, alles." Nein. Es ist nicht so. Alles normal. Eigentlich schrien sie: „Halt's Maul und lass uns in Ruhe mit deinem Scheißgedächtnis!"

Warum sagen die Kinder nichts?

Augustine änderte ihre Gewohnheiten. In der Handtasche hatte sie einen klein beschriebenen Zettel mit Nummern für den Notfall. Auch ihre eigene Adresse stand darauf. Die Nachbarn zur linken und zur rechten Seite hatten beide einen Wohnungsschlüssel, die Frau in der Apotheke auch. Es war ihr lieber, den Schlüssel zu verlegen, als nach Worten zu ringen. Beides geschah oft. Und wenn es nicht der Schlüssel war, dann war es die Brille, die Tasche, der Schal. Erstaunlich, wie lange es dauerte, bis die anderen etwas merkten. Die anderen, das war die Familie: die Brüder und Schwestern mit ihren Kindern, und natürlich die eigenen Kinder, Richard, Christiane und Robert. Und ihr Ehemann Walther, der immer eine Lösung hatte. Einmal hatte Augustine mit Christiane darüber gesprochen. Andere hatten festgestellt, dass sie gleiche Dinge immer wieder erzählte, und sie selbst hatte es nicht gemerkt. Das machte ihr Sorgen. Christiane fragte, was ihr lieber sei. Dass man darauf reagierte und ihr sagte, dass sie das schon mal erzählt habe, oder dass man es überging. Es war angenehm, darüber mit jemandem zu sprechen. Dennoch entschied sie sich für das Übergehen, was nicht ihre Art war. Sie sei sonst so verunsichert, dass sie gar nichts mehr erzählen würde, das war ihre Begründung. Aber die Unsicherheit kam trotzdem. Alles verwandelte sich, Menschen wurden zu Nichts. Dinge wurden zu Nichts. Eben noch war es ein Apfel, dann ein Nichts. Der Apfel als Apfel war weg. Das Buch, das Bügeleisen, das Klo, der Weg zum Supermarkt – ein Nichts. Die Bedeutung weg, die Geschichte weg. Es war nicht fremd – es war nichts. Und plötzlich war das Nichts wichtig. Augustine rätselte, ob Walther ihre Vergesslichkeiten wahrnahm oder nicht. Entweder er ließ sich nichts anmerken, oder er wusste tatsächlich nichts. Aber es musste ihm doch aufgefallen sein! Niemand sprach mit ihr: Walther nicht, die Kinder nicht, die Geschwister nicht. Die verschworene Gemeinschaft blieb stumm. Sie blieb einfach stumm. Stumm bleiben ist einfach. Der Pakt hielt sie aneinander fest. Sie wussten Bescheid und hatten die Übersicht über das, was gedacht und gefühlt wurde. Walther war bei denen, nicht bei ihr. „Bin ich krank, Walther?" „Wir sind alle krank", sagte er und Augustine war erleichtert. Später dann weinte sie.

Raupe oder Vogel. Mit dem Blick des Vogels führte sie das Leben einer Raupe.

Der Himmel ist groß. Früher konnte sie Worte vom Himmel holen. Der Kopf reckte sich hoch hinaus, sie ging gerade, der Rücken wie ein Stock. Die Worte schwebten einfach über ihr, dunkle wie helle, und bemalten die Wolken. Heute sucht sie Wörter mit den Füßen, sie geht gebückt, denn die Wörter liegen im Dreck. Sie sind gefallen, und alle drücken die Worte beim Gehen immer tiefer in den Schlamm. Die Raupe kriecht und sucht, um die richtigen Worte zu finden. Neuerdings verdunsten viele auch einfach oder sie verpuffen. Manchmal bildet sich morgens ein feines Netz aus Tau, in dessen Tropfen die Worte gefangen sind, und dann bleiben sie in dem leicht schwingenden Netz kleben und wiegen sich verführerisch im Wind. Vielleicht winken sie auch, wollen unbedingt Stimme sein. Dann schweben sie zwar über dem Boden, aber man kommt nicht an sie heran. Graben nützt dann auch nichts. Man verheddert sich nur immerzu im Wortgespinst und gibt irres Gesabbel von sich, irgendein Gemisch aus Buchstaben, weil die Worte vergraben, verklebt oder verpufft sind ohne Knall. Man muss sich begnügen mit Wörtern, die zufällig in den Kopf schießen. So war das jetzt. So vergingen die Monate, und das Leben veränderte sich erst ein bisschen, dann mehr. Gesprochen wurde darüber nicht. Als sie den Zettel für ihre Handtasche vorbereiteten, sagte Walther, das müsse er auch mal für sich machen. Das sei eine gute Idee, denn man wisse ja nie. Augustine fing an, ihm dieses Trostgerede genauso übel zu nehmen, wie das Schweigen: „Walther, ich glaube, ich werde blöd.“ „Das bist du doch schon“, sagte er, und dann lachten sie beide, froh, dass es kein Problem gab. Aber es war da. Sie war das Problem. Die Zweifel nahmen ihr jede Freude. Sie konnte an nichts anderes denken, und je mehr sie sich aufschrieb, je mehr sie sich merken wollte, umso mehr geriet sie in Panik, wenn ihr etwas nicht gleich einfallen wollte. Es war die Zeit, in der Augustine Walther, der immer eine Lösung hatte, brauchte, so wie sie nie zuvor einen Menschen gebraucht hatte. Die Zeit, in der sie sich aneinander klammerten, das kommende Unheil unablässig im Blick. Es war die Zeit, in der Augustine verzweifelt darüber nachdachte, wie sie den Verlust ihrer Erinnerungen verhindern konnte, wie sie mit dieser Unordnung im Kopf weiterleben sollte, mit welchen Mitteln sie sie verbergen konnte und ob sie vielleicht, vielleicht wieder verschwinden würde, diese Unordnung, der sie ohne eigenes Zutun ausgeliefert war. Sie dachte über die Gründe nach, wie es dazu hatte kommen können, was die Ursache sein könnte für diesen Abschied von ihrem einst klaren Verstand. Vielleicht lag es an der Art, wie sie gelebt hatte, an vertanen Chancen, an Alkohol, an Schlaflosigkeit, an Ehrgeiz, vielleicht an grundsätzlicher Müdigkeit; ja, sie fühlte sich so müde von allem, vielleicht war es nur das. Eine einsame Ahnung aber sagte ihr, dass es anders war. Sie fühlte diese Unsicherheit, weil ihr langsam alles abhanden kam, was ihr ein Leben lang Halt gegeben hatte. Sie fühlte den Verlust, und sie spürte, dass er endgültig war. Es war die Zeit, in der sie vor Erschöpfung tief und bis weit in den Mittag hinein schlief, als wollte sie nie wieder wach werden. Es war die Zeit, in der Walther nachts weinte. Manchmal waren sie dann beide wach und hielten sich aneinander fest, bis sie endlich schliefen. Dann wieder kroch die Unruhe in die Augen ihres Schlafs. Sie legte Worte in den schlafenden Mund, die wie spitze Kieselsteine in die Zunge piekten und die heraus wollten, und der Schlaf war zu Ende. Augustine stand nackt in der Mitte des Zimmers und sprach leise mit sich selbst: „Ich räume auf." Die Zigarette flog lässig durch die Luft. Zwei Mal schon war Walther schneller gewesen als das Feuer. Jetzt stand er auf einmal neben ihr und nahm ihren Arm; er stand jetzt immer plötzlich neben ihr. „Es ist alles irgendwie kaputt", sagte sie, und er führte sie ins Schlafzimmer. „Mein Leben: nur Brocken." Walther setzte sich ratlos aufs Bett. „Was soll ich da sagen?", fragte er. „Du bist ein weicher Stein", sagte sie und blieb noch eine Weile stehen. Dann ging sie in die Küche. Walther nahm die Hände vors Gesicht und weinte. Er schreckte plötzlich hoch, weil es Geräusche gab. Augustine hatte den Inhalt des Kühlschranks in die Spülmaschine geräumt. „Es macht ja sonst keiner", sagte sie und lächelte. Immer war sie jetzt da, die Pflicht, auch nachts. Aber das Wort nachts war ein Pieks auf der Zunge, denn ab jetzt gab es nur noch das Jetzt.

Die Angst war das eine, die Wut das andere. Die Wut war stark. Meist richtete sie sich gegen sie selbst, manchmal gegen die anderen, die Fremde waren. Die Wut richtete sich gegen das Leben. Es wird durch ganz dünne Fäden zusammengehalten. Die Fädchen spinnen auch die Haut, unter der alles passiert. Die Haut ist so dünn wie die Fädchen, mit denen sie gesponnen ist, und manchmal kann man die Fädchen unter der Haut sehen, die oft zu scharfen Rissen werden. Das Blut, das dann kommt, wenn die Haut reißt, sieht niemand, denn es geht nach innen zurück, und da staut es sich und wird schwarz, weil es nicht mehr frisch ist und in einem gerinnt. Weil es nicht mehr fließt, tut das weh. Je länger man gelebt hat, desto mehr ist das Blut schwarz geronnen und desto mehr schmerzt es. Das heißt dann Alter. Das schwarze Blut verstopft Körper und Hirn. Deshalb können auch die Worte nicht mehr fließen. Es ist schlechtes Blut. Das gute Blut ist rot, es fließt ab, aber wenn es auf etwas tropft, sieht es schwarz aus. Also ist Blut immer schwarz.

Es folgte der Zeitraum der Vertuschung. Alles sollte nach außen so bleiben, wie es war; nichts auf eine Veränderung hinweisen. Merkwürdig. Ein ganzes riesiges Gebilde aus Erziehung und gesellschaftlichen Verhaltensweisen schien durch Augustine ins Wanken zu geraten. Stumme Ratlosigkeit wich der jahrelang eingeübten Sprachfähigkeit. Nichts mehr da von allem.

Sie selbst vertuschte auch.

Sie hatte sich verlaufen. Ein einfacher Weg, sie waren ihn täglich zusammen gegangen, Walther und sie, und jetzt hatte sie ihn plötzlich nicht mehr gefunden. Walther hatte verzweifelt alle Nachbarn gefragt und in der ganzen Umgebung die Leute aufgeschreckt. Die Dame vom Kiosk hatte Augustine schließlich aus der Ferne im Park erkannt und Walther angerufen. Sie saß auf der Bank und wusste nicht weiter. Als Walther angelaufen kam, sagte sie: „Es ist schön hier." Walther nahm sie bei der Hand, die zitterte. Gut, dass er da war. Er gab den Rhythmus vor. Den Rhythmus des Essens, des Spazierengehens, des Zubettgehens. Jahrelang waren ihre Tage so aufgebaut. Sie halfen zu verbergen, dass es nichts mehr gab außer eines hart erarbeiteten Ablaufs. Auch das Gesprochene unterlag der liebevollen Ordnung von gesetzten Worten. Das, was sie wichtig fand, versuchte sie anfangs noch mit ihm zu teilen, dann verloren sich die Gedanken und Walthers Sprache wurde Augustines Sprache. Seine unausweichlichen Worte folgten einem unerbittlichen Rhythmus, der wie eine Uhr tickte und tickte und tickte und tickte und tickte, bis ihre gedanklichen Ausflüge ganz verschwanden. Damit begann die Zeit, in der Walthers Rhythmus auch vorgab, was Augustine dachte. Von außen war das zunächst nicht zu merken. Walthers Besorgnis begann still, die Gründe waren klein, er behielt sie für sich, und als sie größer wurden, teilte er sie mit anderen. Augustine geriet in die Fänge der Ansichten und Meinungen, und die Gespräche über sie hievten sie in Schubladen, in denen sie bleiben musste, weil die anderen mehr über sie wussten als sie selbst. Sie nannten es Fürsorge und es schmeckte faulig, wie das Holz der Schublade, die jetzt ihr neues Zuhause war. Die Fürsorge wurde lauter, schließlich wurde sie zur erklärten Pflicht und die benannten Gründe machten das Tun für alle wahrhaftig. Die Gründe waren das abnorme Verhalten, das sich, wie Walther es beschrieb, in Vergesslichkeit, plötzlichen Wutausbrüchen, übertriebener Lärmempfindlichkeit und Teilnahmslosigkeit äußerte. Das alles war neu und es wies auf den Zusammenhang zwischen Abnormität und Krankheit hin. Es war ungut und bedurfte auf längere Sicht nicht nur der leiblichen Bevormundung. Mit liebevollen, trauernden Augen wird das Handeln des anderen betrachtet, und Fehlleitungen, Fehlfunktionen werden durch die Einführung neuer, fremder Regeln mit neuen, fremden Freunden, die das Beste wollen, ausgeglichen. Mit jeder erdenklichen Hilfestellung wird dem Abnormen das Leben genommen. Das Ergebnis ist die Übergabe der eigenen Denk- und Handlungsfähigkeit an den, der es weiß, an den, der nicht abnorm ist. Wenn der Grund abnormes Verhalten ist, darf entmündigt werden. Die Entscheidung darüber trifft der Gutmeinende. Und dann beginnt die Fürsorge, die bedeutet, dass alles für den Abnormen im Vorneherein mitgedacht, geregelt und entschieden wird. Es ist nicht Schutz. Das wäre das behutsame Achten darauf, dass der Lebensraum des anderen berücksichtigt wird und dass das, was der andere möchte und so wie er es möchte, für ihn ohne Störung ablaufen kann. Hier aber wird nichts mehr geschützt, hier wird in Liebe übernommen. Ab jetzt ist der Abnorme der Fürsorge schutzlos ausgesetzt und aus der Achtung wird ein kleines „Ach …". Nennt man es weinen?

Augustine hat geträumt, sie wollte singen. Der Fremde, der vor ihr stand, ermunterte sie. „Singen Sie, singen Sie einen einzigen Ton." Sie versuchte es, aber der Ton kam nicht, nur ein Krächzen. „Singen Sie!" Augustine konnte nicht. Sie versuchte einen anderen, tieferen Ton. Worte weg, Stimme weg. Der Fremde sagte: „Sie singen nicht, Sie denken nach! Vergessen Sie, dass Sie schön singen wollen, vergessen Sie, was Sie wissen. Atmen Sie nicht. Vergessen Sie es. Singen Sie frei!!" Der Fremde kam auf sie zu und stieß heftig mit beiden Armen gegen ihre Schultern. Sie fiel zu Boden, und als sie versuchte aufzustehen, stieß er erneut zu. Sie kauerte unten, Tränen liefen aus den Augen. „Und jetzt", sagte er laut, „jetzt singen Sie. Singen Sie mit dem Herzen." Der Verstand sagte, das klingt kitschig, das Herz sagte, das klingt schön.

Das hab ich dir doch gesagt! Darüber haben wir schon gesprochen. Das hast du mir schon erzählt. Das hab ich dir schon gesagt. Das haben wir doch gestern besprochen. Das hast du jetzt schon drei Mal erzählt. Das hab ich dir doch gesagt! Ja, das weiß ich doch! Das hab ich dir schon gesagt. – Halt einfach 's Maul … Am besten, man hört schon jetzt ganz auf zu sprechen, dann gibt es keine Missverständnisse oder Peinlichkeiten.

Augustine dachte darüber nach. Sie hätte so verfahren sollen. Aber dazu wusste sie zu wenig. Vielleicht war es nur eine Phase, eine Ermüdungserscheinung, die wieder verschwand irgendwann. Vielleicht steigerte sie sich hinein. Sie musste das noch prüfen, noch warten, mit Walther sprechen. Und wenn feststand, dass sie die Worte oder gar die Erinnerung verlor, hörte sie vorher auf. Immer wieder würde sie kritisch ihren Zustand prüfen und dann, mit Bedacht, den Zeitpunkt des Ausstiegs selbst bestimmen. Tabletten, sie musste Tabletten besorgen.

Mittags waren ein paar Gäste da. Robert, die beiden Schwestern, Marion mit ihrem neuen Liebhaber, die Schwägerin. Walther hatte das Essen kommen lassen, sie kochten nicht mehr selbst, es war zu mühsam. Die Stimmen sind zu grob zum Klingen. Sie haben Augustines Ohr schon verlassen. Es ist nicht schön, dass der Klang weg ist. Früher mochte sie, wenn alle zusammen redeten. Es war Familie. Jetzt nicht mehr. Die Stimmen sind zu fern, sie sind über dem Ohr, und wenn sie in den Kopf kommen, hört man nur Laut. Nichts sonst. Zum Nachtisch gab es unreife Erdbeeren, und Augustine schob den Teller von sich. Ihr war ein Gedanke gekommen. „Ich hab's", sagte sie zu Walther. „Ich hab's, und du hast's mir nicht gesagt. Aber du sagst Scheißliebe!" Augustine saß mit einem Gesicht aus weißem Stein. Sie hatte Walthers rechte Hand genommen und drückte sie mit ganzer Kraft fest nach unten auf den Tisch. Walther saß mit Stock im Rücken. Er bewegte nur seinen Mund zu einem schwachen Lächeln, die Hand tat sichtlich weh, und er wusste nicht, was er machen sollte. Niemand sagte etwas. „Ich lass mich nicht zum Affen machen", sagte Augustine. Die Stimme drang laut durch den Raum. Die anderen am Tisch sahen sich an, manche vergruben ihren Blick im Teller. Walther konnte nicht aufstehen. Seine Hand wurde immer noch fest nach unten gedrückt. Wieviel Kraft sie hatte! Jetzt griff Augustine seinen Unterarm und hielt ihn mit beiden Händen fest. „Ist es nur schön, wenn man nichts weiß?", fragte sie. Walthers Gesicht wurde rot. Er sah sie an. „Ja", sagte er fest, „manchmal, ja." „Keiner spricht mit mir!", schrie Augustine und schlug mit der Hand auf den Tisch. „Komm." Walther nahm Augustine beiseite. Das tat er jetzt häufig. Immer dann, wenn andere da waren. „Ich will einig sein!" „Ja." „Ich will einig sein. Aber ihr seid anders einig. Das weiß ich ganz genau!" Bei der Verabschiedung flüsterte Walther: „Nein, es ist richtig, dass wir es ihr nicht sagen. Sie würde es nicht verkraften." Mitgefühl hatte Augustine immer misstraut. Jetzt saß sie in diesem Pott und es fühlte jemand mit. Der aber konnte nur seine Gefühle fühlen, nicht ihre. Jeder fühlt anders, aber Mitgefühl ist Teil der Abmachung. „Ich habe es gehört, Walther.", sagte Augustine später, als die Gäste gegangen waren. „Was hast du gehört?" „Du hast vorhin gesagt…" Augustine saß auf dem Bett und stierte an die Wand. Ein Pakt wie ein Strick um den Hals, und alle gehen daran kaputt.

Die Gedanken fließen nicht. Sie sind nie geflossen. Sie kommen wie Blitzschläge, nicht immer so mächtig, aber so unmittelbar und plötzlich. Das Wort plötzlich war ihr lieb. Es sagt, wie es ist. Irgendetwas platzt heraus, wie die Gedanken. Und genauso zerreißen sie wieder, und manchmal bleibt nichts davon. Nicht im Moment. Wenn wir gelebt hätten, wie die Gedanken kommen, plötzlich, ohne zu wissen, dann wäre auch der Tod normal oder das Kranksein. Weil man aber immer denkt, dass das Leben fließt, muss der Tod schön am Ende kommen, wenn alles gesagt ist. Aber das Plötzlich hat nie alles gesagt. Weil sie plötzlich die Worte verliert, bleibt vieles offen. Das hat die Überraschung so an sich. Wer konnte das wissen, dass sie plötzlich verschwinden, die Wörter? Plötzlich kommt schnell, die Überraschung auch, und das muss man lernen, wenn es heißt: Herzlichen Glückwunsch, du vergisst ab jetzt alles. Das kommt aber plötzlich. Keiner weiß wann. Das Plötzlich kann nur ein Kurz und ein Manchmal sein, aber Augustine weiß, das Plötzlich ist jetzt immer.

Was passierte mit den Worten? Mit den Buchstaben, die sie jetzt manchmal vertauschte, manchmal vergaß? Sie hatte Angst, dass sie nie wiederkämen. In guten Momenten stellte sie sich vor, ihr rollendes R rollte davon. Einfach so. Raus aus dem Sprachschatz. Nur sie rollte das R, und wenn es dramatisch wurde, konnte das sehr hilfreich sein. Sie hatte das von ihrem Vater gelernt, sie erinnerte sich an die Kraft, die dieses R seiner Sprache gegeben hatte. Das R war ein wichtiger, ein dramatischer Buchstabe. Und dieser Einbeinige rollte jetzt mit seiner Krücke holprig erst langsam über die Zunge, von der Zunge sprang er auf den Boden und dann nach draußen, über die Straße – weg! Es fehlte also nun der Theatralischste von allen. Es fehlte ein Merkmal. Das M war ein Bremser. Ein scheinheiliger Buchstabe, der weich daherkam und dann innerhalb des Wortes, nicht ohne Schwung, abbremste. Das M war für die Verbissenheit in der Sprache zuständig, denn beide Lippen mussten verschlossen sein. Nein, ich sage nichts mehr, nichts geht mehr über meine Lippen – so war das M. Verbissenheit,

Verkniffenheit, Verklemmtheit. Und immer, wenn einer Sache besonderer Nachdruck verliehen werden soll, mussten zwei Konsonanten aufeinanderfolgen. Bei dem Wort „stumm" wurde also zwei Mal verschlossen. Trotzdem konnte man dem ewig beleidigten M eine rhythmische Veranlagung nicht absprechen. Das hatte es mit dem hinterlistigen N gemein, das offen begann und dann heimlich mit Hilfe der Zunge verschloss, ohne dass man es sah. Die Lippen blieben, wie sie waren. Sie machten nichts, aber hinten ging die Klappe hoch, und es wurde einfach abgesperrt. Klar war: M und N sind feige, beide wollten nicht raus. Das war das Problem, und deshalb verschwanden sie aus Augustines Wortschatz, indem sie beide verschluckte. Das M schmeckte bittersüß, wie Mandeln oder Marzipan. Das N schmeckte nach Nichts. Das I war klein und schmal. Augustine versuchte es zu fangen, wie man eine Fliege fängt. In voller Absicht schlug sie die Hände zusammen, und das I verabschiedete sich aus ihrem Sprachschatz mit einem irritierend spitzen Kieks. Weg war es! Das L wollte eigentlich, durfte aber nicht. Es begann auch, wie das N, offen und hoffnungsfroh, aber dann kam die Zunge, wölbte sich nach hinten und schaufelte alles zurück in den Rachen. Der Ton kam nur, wenn man die Zunge überlistete, indem man sie oben festklemmte und dann ausatmete. Sonst ging der Ton zurück ins Dunkle. Wenn man das L zu übertrieben sprach und die Zunge zu stark wölbte, konnte es zum Erbrechen führen. Und so war klar, dass es beim Verschlucken Brechreiz verursachte. Alles in allem war das L unbekömmlich. Das „ig" am Ende des Wortes, wie bei „wichtig", wurde wie ein weiches „ch" gesprochen. Das machten alle in der Familie so, und Augustine auch. „Wichtig" hörte also mit „ich" auf, und so kam Ich in der Familie sehr häufig vor. Der viele Wind, der um das Ich gemacht wird, pfiff aus dem Mund. Jeder war ein Ich. Mit Ich etwas zu verbinden, war schwer, es häufig zu benutzen, normal. Alle sprachen davon, und so schwächte es sich ab und verlor an Bedeutung. Das Ich kroch aus dem Hintern wie ein Furz. Das war's. Weg war's.

Sie saßen auf dem Balkon. Walther hatte Kirschen mitgebracht, die Augustine gerne aß. Sie nahm die erste in den Mund, und als nur noch der Kern übrig war, spuckte sie ihn über die Brüstung in den Garten. Walther lachte. Sie nahm die nächste Kirsche und spuckte wieder den Kern. Es war nicht einfach, ihn so weit zu spucken, dass er über der Brüstung landete, man musste den Mund ganz voll Luft nehmen und sehr stark pusten. Das gab ein Geräusch, und Augustine wollte, dass es laut war. Ein paar Kerne landeten auf dem Boden und machten blutige Flecken. Walther lachte nicht mehr. Sie lachte auch nicht, sie war beschäftigt. Nach einer Weile stand Walther auf und holte aus der Küche einen kleinen Teller. Er stellte ihn wortlos auf den Tisch. Augustine spuckte weiter. Allmählich hatte sie Übung, das Geräusch war laut durch den Wind, den sie in den Backen hatte, und das plötzliche Auspusten; und die Kerne flogen schön weit. Walther stand wieder auf und gab ihr den kleinen Teller jetzt in die Hand. Sie nahm ihn und stellte ihn gleichgültig zurück auf den Tisch. Ich-mache-es-trotzdem, dachte Augustine.

Einmal träumte sie, dass sie morgens aufstand, und als sie auf ihr Bett schaute, lagen ihre Arme und Beine noch auf dem Laken. Sie sah an ihrem Körper herunter, die Beine fehlten, die Arme auch, und sie konnte sich nicht mehr bewegen. Plötzlich sackte sie mit dem Körper auf den Boden und kippte zur Seite. Sie wackelte mit dem Kopf und schrie, aber es sah sie niemand, weil sie fast unter dem Bett lag. Eine Fremde betrat das Zimmer, ging auf ihr Bett zu, knüllte das Laken zu einem Sack und nahm ihn – ihre Arme und Beine waren drin – geschäftig mit nach draußen. Sie schrie jetzt, aber die Fremde hatte keine

Ohren und Augen. Sie machte die Türe zu, und Augustine hörte, dass die Fremde von außen abschloss. Augustine wackelte und drehte ihren Körper so lange hin und her, bis sie auf dem Rücken lag. An der Decke des Zimmers war ein Spiegel. Sie reckte ihren Hals, um sich betrachten zu können, und da sah sie im Spiegel, dass sie keine Haare mehr hatte. Als sie mit der Zunge das Salz schmeckte, merkte sie, dass sie weinte. Sie wurde wach, lag da und dachte darüber nach, was jetzt alles zu Ende war. „Unser Leben hängt an seidenen Fäden. Wir baumeln alle in der Luft wie Marionetten. Irgendjemand lässt uns tanzen, da nützt auch die Seide nichts. Mir wäre es lieber, es wäre Wolle, dann hätte ich keine Angst. Wolle gibt Wärme. Blut auch. Das aber merkt man nur, wenn man sich selbst festhält oder den anderen." Das Kleinreden der anderen kam einer Absage gleich. Du bist es nicht wert, dass ich darüber nachdenke, es gibt keinen Grund. Und wie froh sie über das Kleinreden war, weil es die Angst einen kurzen Moment lang aufhielt. Es könnte also doch Erschöpfung sein … Aber nur einen trügerischen Moment. Dann kam die Angst wieder, und Augustine konnte nicht sprechen, weil da keiner war. Der Graben war dazwischen und der eigene dumme Kopf. Mensch, Walther, warum redest du nicht? Aber

Walther redete nicht, obwohl Augustine beobachtete, wie er langsam zum Spezialisten für die Vergesslichkeit seiner Frau wurde. Er bastelte an einer neuen Lebensaufgabe, wurde zum Kenner, zum Befragten, zum Eingeweihten. Die Aufgabe hieß Augustine. Das dies gezwungenermaßen geschah, hielt sie ihm zugute. Walther hatte sich seine Themen immer gesucht. Es wurde ihm damit nie langweilig, und schließlich arbeitete jeder an seiner Geschichte. Wenn das Arbeiten an der eigenen Geschichte erfolgreich war, war man Spezialist auf einem Gebiet. Wenn man tot ist und jemanden hat, der Spezialist für den toten Spezialisten ist, kann man das als Erfolg verbuchen. Menschenspezialist sein war wie Gott sein. Der konnte Gedanken lesen und das, was der Tote gedacht hatte, hielt bis in die Gegenwart an. Manchmal geschah das auch, wenn Leute noch lebten. So wie Walther für Augustine dachte. Das war bequem, sie konnte das Denken lassen. Ich möchte nicht, dass in meinem Sinn gedacht wird, dachte sie. Aber jetzt war es schon lange so. Wann hatte es angefangen und warum? Es machte das Leben einfacher, ja, aber Augustines Ziel war es nie. Es geschah einfach. Schleichend. Sie sah es wohl, aber sie änderte es nicht. Jetzt erlahmte sie sogar, ließ das Fliegen ganz und die Flügel verloren ihren Auftrag. Vielleicht rostete ihr Hirn einfach ein wegen Unterbelastung. Die meisten Leute waren Spezialisten fürs Leben. Sie wussten alles darüber. Augustine wollte das auch sein, eine, die alles darüber wusste. Sie dachte, wenn sie alles über das Leben weiß, kommt das Glück, aber sie kam da draußen nicht vor, und innen war es leer. Das Glück schöpft aus dem vollen Saft. Es kann nur alles oder nichts. Augustine dachte, es sei ihre Aufgabe, alles zu erfahren, dann würde das Verstehen kommen und sie würde von selbst dazugehören. Ich kann nicht mehr, dachte sie oft, das Wissen hatte sich so breit gemacht in ihrem Kopf, im Herz, im Bauch, hatte sich überall reingedrängt in all ihre Wünsche und sie zerquetscht, bis nichts mehr übrig war, nur noch Ahnungen und eine knittrige Idee von Leben. Das Wissen, das war die Kennerschaft über Dinge und Menschen, wohlformulierte Beschreibungen und Urteile. Das Wissen hatte sich vor ihren Blick gestellt und das Licht abgedunkelt, es zu einer schwächlichen Funzel gemacht, die plötzlich Maßstab war für die Erleuchtung des Universums, das ohne Glück nur zu einem fauligen Augapfel schrumpfen konnte. Die Worte, ihre unlauteren Helfer, haben dabei ein falsches Spiel gespielt und alles zu einer einzigen Masse verklebt. Sie haben Augustine das Gefühl gegeben, dass das, was sie beschreiben, die Wahrheit sei.

Jahrelang hatte sich Augustine von ihnen einlullen lassen, und die Überzeugung, ihrer mächtig zu sein, trieb sie immer weiter hinein in die scheinbar traute Höhle.

Jetzt verschwanden die Worte plötzlich, so, als sei nichts gewesen, machten sich aus dem Staub, wurden zu Staub im Hirn, und Augustine fühlte sich betrogen von ihrem eigenen Wissen um die Welt, und der Staub brannte in den Augen. Vielleicht gingen die Worte auch, weil sie müde waren von ihrem heuchlerischen Auftrag. Vielleicht war sie selbst müde, wollte nichts mehr wissen. Vielleicht waren die Worte nur Wörter.

Dass Augustine Mutter von drei Kindern war, schützte sie nicht vor der Einsamkeit. Die Kinder konnten sie nicht retten. Natürlich gingen sie weg und führten ihr eigenes Leben, mit mehr oder weniger glücklicher Hand. Sie kamen dann seltener, auch das war normal, das wusste Augustine, und sie kannte die Gründe, verteidigte die Kinder gegen Anwürfe von außen. In dieser Zeit wurden die Gründe, warum etwas nicht ging, stärker, und die gemeinsamen Geschichten seltener. Irgendwann gab es sie kaum noch. Es gab keine Geschichten mehr, sondern Anlässe, und auch die verwesten immer mehr unter dem Gestrüpp wichtigerer Dinge. Auch das war normal. Jedes der Kinder lebte in einer anderen Stadt, der Weg war weit. Jeder Grund, warum sie nicht bei ihr waren, wäre ein guter Grund gewesen, nur nicht der, vergessen worden zu sein. Manchmal dachte sie das. Sie riefen nicht an, sie schrieben nicht oder nur selten. Augustine nahm es zunächst nur wahr, dann ärgerte sie sich, dann wartete sie stumm und traurig, und wenn längere Zeit nichts kam, rief sie selbst an. Sie brauchte immer ein bisschen Mut dazu, wollte nicht lästig scheinen. Dann gab es keine Fragen, kein Grollen, keine Enttäuschung mehr, alles war gut so, wie es war. Bis zum nächsten langen Warten. Die Kinder hatten sie vergessen.

Und jetzt fiel das Vergessen auf die Kinder zurück: Zuerst betraf es die Namen und schließlich die Tatsache, dass es sie überhaupt gab: Augustine vergaß ihre Kinder.

Es gibt Worte im Mund und Worte im Herz und Worte, die weg sind. Früher waren alle Worte im Mund, in der großen Mundhöhle zwischen den Zähnen. Die Worte hatten alle die Härte der Zähne angenommen. Heute liegen viele Worte weich im Herzen. Da ist es warm. Sohn ist im Herz. Tochter auch. Familie ist weg. Morgen und gestern auch, und die Zeit ist weg. Es gibt kein Wort mehr für die Zeit – nur das Heute ist sicher. Inzwischen war das Heute auch weg und dieses Weiche war unangenehm. Erinnere dich oder du bist verloren. Augustine wusste nicht, was sie gestern gemacht hatten. Waren sie zu Hause, waren sie unterwegs? Sie wusste es nicht. Die Gedanken verloren – irgendwo im Nichts, die Worte, die Namen, die Menschen, die Handlungen. Sie selbst war verloren; hat alles verlernt; alles vergessen. Verlust vergessen. Sie hat mit Walther Zeit verlebt. Die Mutter verstorben, vergraben. Hatte ihr das Leben versprochen. Es war verdorben. Sie hatte versucht. War verloren. Alles für immer. In der Jugend ist man viel, das Viel wird mehr. Das Mehr erfüllt die Jugend ganz. Das Mehr ist das Leben, darüber spricht man, darüber will man wissen; das Mehr muss mehr werden, das ist das Leben vom Mehr. Auf der Höhe der Zeit kämpft man mit denen, die alle zu viel sind und dann baut man wieder ab.

Im Alter ist man wenig, wird immer weniger und irgendwann ist man nichts mehr. Das Nichts ist böse, und ab und zu schießt eine Idee vom Nichts wie ein Blitz durch die Gedanken, aber ohne Fühlen. Das Wenige ist Angst vor dem Wenigen, die saure Angst vor dem Tod. Der kommt leise und zerstört langsam das Mehr, und jeden Augenblick des Tages schlurft die Angst neben Augustine her, mit hängenden Schultern und hängendem Kopf, einer einzigen Trauergestalt gleich, in stummer Bedrohung. Sie gibt das Maß der Schritte vor, und das Weniger wird mehr jeden Tag, der noch kommt und an dem Augustine spürt, wie die Angst schubartig lauter wird und dann wieder leise neben ihr her trabt, als sei sie ihr sorgender Freund, der sie heimlich, in welcher Absicht auch immer, schützt vor dem ersehnten Mehr, das nie mehr kommt, weil es für immer vorbei ist. Das Wort ist der Ort im Kopf. Das Wort sagt, wo man ist und wer. Ohne Wort weiß man das nicht. Das Wort sagt auch, was man sieht. Ohne Worte sind die Augen wortlos. Dann hat man keine Bilder. Bilder ohne Worte können nur angenehm oder unangenehm sein. Sie können nur Gefühl. Bei Worten ohne Worte ist das auch so.

Augustine hat gehört, wie ihre Schwester sagte: „Augustine ist unzumutbar."

Es gab immer Enge. Die Enge bestand aus Beobachtungen, Blicken, Verallgemeinerungen, Vorurteilen. So war die Vereinbarung. Alles wurde bewertet. Allein war man nie. Selbst in der Wohnung nicht, ihrem Zuhause. Eine schöne Wohnung. Drei Zimmer. Leute kamen gern; setzten sich um den runden Biedermeiertisch. Im anderen Zimmer stand auch einer. Überall konnte man sitzen und sich unterhalten. Und Sachen ansehen, die herumstanden. Viele silberne Döschen von Tante Marie, Lackschalen aus Japan von ihrer Mutter, kleine Figürchen aus dem Erzgebirge, an Weihnachten auf den Märkten gekauft, Souvenirs aus den verschiedenen Ländern, selbst von den Reisen mitgebracht. Alles begleitet von Augustines entsprechenden Erläuterungen. Man stellte es hin und wusste, von wem es war und warum man es hatte. Erklärungen und Belege für etwas. Beweise für andere und für sich selbst. Das heißt dann erinnern. Wenn man Pech hatte, kamen Geschenke dazu. Und man hatte Pech. Dachte, man müsse sie behalten und dankbar sein.

Und natürlich Bücher, Regale, die bis zur Decke gingen. Sichtbarer Nachweis fürs Lesen. Voll. Die Wände voll, auch mit Bildern. Masse. Und alles schon vorbei. Jetzt schon vorbei. Jetzt schon. Jetzt schon zu voll. Jetzt schon der Blick verstellt. Keine leere Fläche. Und Möbel. Antiquitäten. Heißt Bildung, heißt Bewusstsein, heißt Geschmack, heißt Wohlstand. Und alles war schon immer vorbei. Wir sammeln, horten, sortieren, zeigen, vermehren. Und plötzlich ist das, was man hat, mehr als das, was man will. Das Gewesene ist mehr als das noch Kommende. Es bremst das Neue aus, denn es weiß jetzt schon alles.

Veränderung findet innerhalb des Systems statt. Es wird erweitert oder abgewandelt. Lähmende Einigkeit mit fremden Gedanken. Und alles schon vorbei. Lebensraum, Ehe, alles nicht zu ändern. „Es ist alles so schön bei euch!" Die Schönheit hat ihren Preis. Man muss sie bedienen. Wischen, räumen, stellen, umstellen. Deine Zeit. Dein Leben.

Nichtnis liegt im Hirn, und abgestorbene Worte blockieren den Ausgang. Nichtnis bewegt sinnlos Zunge und Hände, loses Nebeneinander ohne Absicht und Folgen. Es ist schlimm für die, die im Bemühen leben, zu begreifen, dass es für Augustine, die im Vergessen lebt, nicht schlimm ist. Da will eine nichts, aber nicht, weil sie nicht will, sondern weil jedes Wort Kategorie ist und weil es für den, der im Vergessen lebt, keine Kategorien mehr gibt, weil es für den, der im Vergessen lebt, nichts mehr gibt und Sein keine Kategorie mehr ist. Das ist schlimm für die, die im Bemühen leben, weil die Kategorien Nachweis für Gefühle und Handeln sind. Wie soll man leben ohne Gut und Böse? Ohne Orte für die, die im Bemühen leben; Verortungen, die bestimmen, wo man ist? Aber Sein ist keine Kategorie mehr. Wichtig nicht und unwichtig auch nicht, und wenn nichts wichtig ist, ist es auch um nichts schade. Nicht für die, die im Vergessen leben, nur für die anderen, aber das ist keine Kategorie mehr. Kann man ohne Kategorien überhaupt sehen? Was sieht man, wenn man nicht beschreiben kann? Sieht man trotzdem Unterschiede? Sieht man, dass die Nägel rot lackiert und die der anderen matt und hell sind im Sinne von anders? Und sieht man dieses anders dann anders als das nächst andere? Der Kopf sieht Blut rot, und die Augen sehen es schwarz. Die Augen sagen: Ich habe etwas gesehen, der Kopf sagt: Ich weiß um etwas. Sehen die Augen das, was der Kopf weiß? Was weiß der Kopf? Was weiß er noch? Wenn es im Kopf keine Bedeutungen gibt, gibt es keine Worte; und die Augen gucken aus dem Nichts ins Nichts. Aber selbst das Nichts ist keine Kategorie.

Augustine hatte keine Zeit, ihre Träume zu verabschieden, Walther schon. Sie schloss sich seinen an, denn ihre blieben verschüttet, und irgendwann waren sie weg. Japan, China, Russland. All das ging nicht mehr. Früher hatte sie Lust zu reisen, doch viel hatte sie nicht gesehen, bevor sie auf Walther traf. Mit Harald zu reisen, war unmöglich. Er war ein schlechter Ankommer, aber auch das Bleiben lag ihm nicht und das Planen schon gar nicht. Als junge Frau war sie ein Jahr in Spanien. Sie reiste nicht, dort lebte sie. Es war das Einzige, was sie ganz allein entschieden hatte. Danach gab es nur noch das Zusammen, was bedeutete, sich unterzuordnen. Sie wollte das und tat es auch, doch es bekam ihr nicht. Es war eine Fehlleitung ihrer Erziehung, Raupe zu sein, zu glauben, Männer seien stärker, wertvoller, geschickter und förderungswürdiger als Frauen, die folgerichtig dafür zu sorgen hatten, dass ein ungestörtes Ausleben der männlichen Fähigkeiten in ihrer Umgebung möglich war. Ein Glaube, den sie ihrer Mutter verdankte und den sie, im wahrsten Sinne des Wortes, blauäugig übernommen hatte. Sie hatte viel übernommen in ihrem Leben. Sie war jemand, der Regeln mochte, die auf ihre Schlüssigkeit hin überprüft, im Zweifelsfall eingehalten wurden. Wohin hätte sie früher reisen sollen? Welchen Ort wählen? Das zu wissen, hätte es eines Bekenntnisses bedurft, für ein bestimmtes Land, für einen Ort. Aus welchem Grund? Worauf hätte sie Aufmerksamkeit und Neugier stützen sollen, welchen Sinn hätte es gehabt, in dieses oder jenes Land zu reisen? Letztendlich fand sie sich in der Ferne nicht wieder. Fremde Orte blieben ihr fremd. Staunen und vergessen. Später zeigte ihr Walther, der immer eine Lösung hatte, die Welt. Er erklärte die Dinge des Lebens, denn er wusste um sie. Augustines Blick wurde matter, und sie fragte sich, warum, wenn die Welt so war, man unbedingt in ihr leben wollte. Walther erklärte den Sinn der Welt, und noch während er sprach, ging ihr der Sinn verloren. Sie hörte zu und lächelte den Mann an, den sie geheiratet hatte, und nahm ihm übel, dass er sie zur Heuchlerin machte, indem sie nicht widersprach. Seine Erläuterungen zum Sinn – von dem er weniger als nichts verstanden hatte – und die Tatsache, dass er das selbst in keinem Fall so einschätzte, trennten ihn von ihr. Und Augustine hatte es versucht, hatte ihren Walther auf viele Reisen begleitet. Er plante mit aller Sorgfalt. Danach waren Walthers und Augustines Erzählungen nahezu gleich und es lief auf erzählbare Erkenntnisse heraus, weniger auf überschwängliche Gefühle: Das Begeisternde war nicht, dass man bei vierzig Grad Hitze gleichzeitig den Schnee auf den Bergen sah, es war, dass man im Physikunterricht gut aufgepasst hatte und erklären konnte, wie dieses Phänomen zustande kam. Mit Souvenirs aus aller Welt hielten sie die Ferne fest. Winzige Ausschnitte aus einer unbekannten Welt. Wie die unbeachtete Sehnsucht nach dem anderen standen die Dinge im Regal, nutzlos und lebensfremd. Die Geschichte war nicht das, was es war, sondern die Gelegenheit, bei der etwas gekauft worden war. So tauschte man sich mit anderen darüber aus, und die Reise bekam plötzlich doch einen albernen Sinn: Es gab Geschichten über Souvenirs. Nein, die Träume des anderen konnte niemand übernehmen. Aber für Augustine geschah es einfach und Walther nahm mit heimlichen Tränen Abschied von den Gewohnheiten, die ihren Alltag bestimmten, schließlich von der Idee des gemeinsamen Alterns. Auch Einladungen gehörten zu den Gewohnheiten, die im Laufe der Zeit verabschiedet wurden. Die Unruhe, wenn mehrere Leute sprachen, und die Lautstärke der Stimmen verstörten Augustine. Auch die Bewegungen, so schnell. Augustines Blick ohne Halt, und sie saß unbeteiligt in der Runde, lief manchmal im Zimmer herum, als suchte sie nach irgendetwas, das ihr vertraut war und ihr Schutz geben konnte. Dann tappte sie umher, mit ängstlichem Blick und der ganzen Last einer Verlorenen auf den Schultern. Walther hatte in diesen Momenten keine ruhige Minute, und all die anderen machten aus der eigenen Verwirrung wenig Hehl. Es ging nicht mehr. Dass jemand verschwand, bedeutete nichts. Nichts im Verhältnis zu dem, was ein kranker Mensch zu bedienen hatte, solange er noch funktionierte. Aber darüber sprach man nicht. Weil es müßig war, weil es sinnlos war. Walther hatte jetzt eine Aufgabe, das war der Sinn. Die Pflicht war ein guter, sinnvoller Sinn.

Walther, was machen wir hier? Der Zweifel fraß an ihrem Hirn. Wenn er zu groß wurde, ging Augustine auf ihn zu, schmiegte sich an ihn und sagte: „Ach, ich habe doch den besten Mann von allen!“ Sie klammerten sich aneinander, hatten sie sich doch so sehr vorgenommen, glücklich zu sein. Was bleibt übrig von der Liebe? Es bleiben Leib und Eile und die hastig gehauchten Worte „Ich lieb' dich.“ Das E hat die Liebe verschluckt, und jetzt schwimmt es im Bauch mit all den anderen Enttäuschten und Ungenutzten, und die bilden zusammen einen schleimigen Vulkanbrei, der raus will und sich rächend endlich entlädt in stinkender Kotze. Dann ist man froh, weil's endlich raus ist, das Zeug, das sich da staut, und keiner weiß warum.

Es war nicht Walthers Schuld.

Festhalten ist Schreien, Loslassen ist Lächeln. Starkes Schreien, schwaches Lächeln. Deshalb ist das Leben laut, weil alle das Starke wollen. Ich mache beim Lächeln kein Geräusch. Auch im Kopf ist Ruhe. Die Worte schlafen. Ich sage wenig, weil die Worte schlafen und mir keiner mehr zuhört. Es ist angenehm. Ich weiß, ich verstehe nicht mehr, und ich lächle. Das Dauerlächeln ist die Antwort auf das kaputte Wort. Noch-Mehr gegen Nicht-Mehr. Ich bin jetzt nicht mehr. Da ist ein Kopf. Der macht irgendwas. Der Kopf ist mit sich allein und guckt heraus, und manchmal kommen aus dem Mund unvermutet Wörter. Die liegen dann kaputt auf dem Boden. Was der Kopf denkt, ist losgelöst, ohne Heimat. Gedanken ohne Ort, aber nicht frei. Wäre das so, wäre es Glück.

Macht war Augustine angenehm, aber Macht stank nach Schweiß. Macht durfte nicht nach Schweiß stinken. Sie musste nach Staub und Erde riechen. Jetzt hatte sie plötzlich selbst Macht, weil sie alles verlor. Wie böse diese Macht jetzt war. Sie veränderte sich und mit ihr die ganze Familie. Der Grad der Veränderung wurde durch sie bestimmt, und der Kampf und das Buhlen um Unerreichbares waren zu Ende. Sie kämpfte nicht mehr, nur noch die anderen. Das war ihre Macht, der sie selbst ausgeliefert war. Angstschweiß, Schweißmacht. Sie liebte die Macht der Erde, sie liebte, zu riechen, wo sie herkam, und zu wissen, dass es eine Macht gab, die sie zurückführte an ihren Ursprung. Die Macht, die sie liebte, war die Macht, die sie zu sich selbst brachte, die um den eigenen Nährboden wusste, und die ihr zeigte, wie aus diesem eigenen erdigen Nährboden Lebenskraft zu schöpfen war. Die Macht des Vaters, der nach Erde roch und dessen Geruch ihr in den Leib gefahren war. Aber ohne Vater fand sie ihren Nährboden nicht. Niemand fand ihn, sie selbst nicht und die Männer in Augustines Leben nicht, die nie nach Erde rochen und zu denen sie trotzdem aufsehen wollte, in der Hoffnung, sie würden sie leiten. Die Suche nach dem Vater hatte nie aufgehört.

Der Alltag ging weiter. Es begann die Phase der Hilfen von außen, die Phase der Einmischung. Da wurden nacheinander Frauen ausprobiert, aus Bosnien, aus Polen, aus Deutschland. Gelernte Altenpflegerinnen, Krankenschwestern, Kindergärtnerinnen, die sich um Augustine kümmerten, in ihrer Küche schalteten und walteten, in ihrer Wohnung ein- und ausgingen, irgendwelche Produkte einkauften und Augustine damit bekochten, ob sie das mochte oder nicht, ungefragt jedenfalls. Während Walther ein paar Wochen auf Kur war, die er nach seinem Schlaganfall dringend brauchte, kamen diese Frauen ins Haus.

Angeblich nur zu Augustines Entlastung wurden sie von ihren Schwestern in lautstarker Ein- und bester Absicht eingestellt und nach kurzer Prüfung ausgewechselt wie Papiertaschentücher. Immer kamen andere, die wieder nicht taugten. Ein Treiben und eine Unruhe waren das in ihrem Haus, das nicht mehr ihr eigen war. Schnell war es gegangen. Man wurde nicht gefragt, aber von Fremden bekocht, ausgezogen und gewaschen.

Befremdend, wie schnell die Leute jeden Abstand verlieren, wenn sie glauben, der andere bekomme nichts mehr mit. Je schwächer Augustine wirkte, umso auffallender die Hilfsaktionen der anderen, umso demütigender oft deren Verhalten ihr gegenüber. Walther fehlte. Ohne ihn war es anders. Als sei sie schwerhörig, wurden, wenn sie zu ihr sprachen, die Stimmen erhoben. Der Krankenschwesterjargon hielt Einkehr in die Sprachgewohnheiten der Familie. Feinheiten hatte es nie gegeben, jetzt aber gab es kurze Sätze mit einfachem Satzbau. Auch die Inhalte wurden lauter, schlagkräftiger. Plötzlich gab es nur noch Kümmern; das kommt von kümmerlich. Hast du schon gegessen? Willst du auf den Balkon? Hast du schön geschlafen? Musst du aufs Klo? Operative Fragen. Und nur sie wurde öffentlich gefragt, ob sie schon scheißen war.

Walther, ist das Liebe? Schnell war man dazu übergegangen, Augustine als lädiert zu betrachten. Kränkende, unumgängliche, schnelle Tagesordnung. Plötzlich war dies eine Tatsache, die von allen Beteiligten angenommen wurde und die mit allzu umtriebigem Geschick bewältigt und nach Sekundentakt organisiert werden musste. Und Walther, nur halbwegs genesen, mittendrin. Liebe geht sehr weit. Und schon hatte man sich an den Verlust gewöhnt. Der Abschied von der geistreichen Augustine schien schnell vollzogen. Eine Wahrheit, vielleicht normal, aber ungut, wie viele Wahrheiten.

Es waren die Erwartungen, die einen täuschten. Man rechnete immer mit irgendetwas, etwas, das Bedeutung hatte für die anderen, für einen selbst. Man dachte, es ginge um etwas, dachte, man selbst wäre gemeint, dachte, man würde gebraucht. Das war nicht so. Inzwischen lief sie schlecht. Die Schritte schwerfällig, ein Fuß vor den anderen. Gehen, sich setzen, essen, waschen, anziehen, aufs Klo gehen: Mühsal. Was machte man mit dem Löffel? Sie aß ganz langsam. Das Essen klein geschnitten für sie. Sollte dann besser gehen. Und dann der Rollstuhl, nur manchmal, wenn sie ganz schlecht lief. Es hieß: Sie ist auf Hilfe angewiesen. Kaum noch allein laufen, sich nicht selbst hinsetzen, wenig essen, nicht aus- und anziehen, nicht waschen, nichts. Es wurde eine ständige Haushaltshilfe besorgt. Dann zusätzlich eine Pflegerin. Walther war gedämpft. Seine Weisheiten wurden rarer, aber sein Pflichtgefühl trieb ihn zum Handeln. Vielleicht war es das, was er unter Liebe verstand. Von Augustines Seite kam wenig. Kein Einlenken im Sinne einer leichten Besserung. Keine Unterstützung durch eigene Bewegung. Nichts. Sie konnte nichts tun, ließ sich im Rollstuhl fahren, mittags langsames, sehr langsames Essen, abends stummes Sitzen. Sie musste nichts mehr tun, musste sich keine Mühe mehr geben, musste keine Rolle mehr spielen. Es hätte schön sein können. Sie hätte futtern und fett werden können und Unverschämtheiten denken, Flüche verteilen, Ungerechtigkeiten platzieren wie sie wollte. Aber es war nicht schön. Wen konnte sie anklagen? Bedauerlich, dass es keinen Gott in ihrem Leben gab, den sie hätte beschuldigen können. Den Protestantismus vielleicht. Den strengen, lustlosen Protestantismus, den sie selbst ein Leben lang neben sich hatte laufen lassen wie einen Schatten, immer im Bewusstsein, das allgemein Richtige müsse auch das Richtige für sie sein. Das allgemein Richtige hatte sie nie überprüft. Der Kopf war ganz abgelenkt von den Blitzen im Hirn und den Geräuschen, die aus dem Mund wollten. Er konnte sich nicht um den Körper kümmern. Der war auch allein und machte irgendwas. Die Hand führte den Löffel nicht zum Mund, sondern die Hand legte das Gemüse mit dem Löffel auf den Tisch. Da lagen schon Erbsen und Möhren.

Man braucht nicht viel. Du bist auch so schön, sagte die Mutter. Du hast das nicht nötig. Man hatte es eben doch nötig. Das einfache blaue Kleid reichte nicht aus. Da müssen eine Kette – etwas zu verspielt für meinen Geschmack – oder eine Brosche her und ein Gürtel, vielleicht ein flotter Schal, auch wenn er stört, die Schuhe müssen einen Absatz haben, auch wenn sie unbequemer sind, flache Schuhe sind nicht weiblich und machen die Füße zu groß, und du hast sowieso zu große Füße für eine Frau. Die Mutter wusste: Im Gesicht müssen Augen und Mund betont werden, sonst wirken sie fahl, mit etwas Farbe, aber nicht zu sehr, sonst wirkt es billig, und Puder macht das blasse Gesicht etwas lebendiger, und jetzt lächele doch mal, aber nicht so doll! Das wirkt ja albern. Die Strumpfhosen – gab's die nicht in blau? –, die den Beinen die Luft abdrücken, müssen blickdicht sein, sonst sieht man die Krampfadern, und in deinem Alter sollte das Kleid in jedem Fall über die Knie gehen. Das

Jäckchen steht dir irgendwie nicht, Liebes. Es ist sehr hübsch, aber es wirkt ungekonnt. Man kann sicher hinten was rauslassen, lass mal sehen … Und dann zuppelte sie geschäftig an Augustines Jacke herum, zuppelte und zerrte, guckte und quatschte und guckte und quatschte, und mit einem kurzen spontanen Zucken hob Augustine das Knie und stieß damit hart gegen das Kinn der Zupplerin. Die fiel kreischend nach hinten und blieb für immer liegen. Man brauchte nicht viel.

Die Haare liegen wie eine Decke auf dem Kopf. Sie decken zu. Aber die Art der Decke ist verräterisch. Die Zwanghaften legen sich dicke geflochtene Zöpfe um den Kopf und binden ihn zusammen. Wäre der Kopf ein Hals, die Luft wäre weg. So aber bleiben die Gedanken beieinander, und es kann nichts Dummes, Falsches oder Schlechtes nach draußen gelangen. Die Albernen lassen ihre Kindheit raus, und die Haare machen irgendetwas Freches, stehen in alle Richtungen ab, da helfen Gel oder lustige Zöpfchen. Die haben auch alte Mädchen, die es nicht einsehen wollen. Die Ängstlichen binden alle Haare hinten zusammen, damit kein Haar gekrümmt wird. Sie sind dann wie ein Deckel, der alle Unregelmäßigkeiten versteckt. Damit der Wind dem Deckel nichts anhaben kann, wird er in Haaröl getaucht, als wollte man die Angst aufzufallen damit ertränken. Die ewigen Mädchen haben lange Haare, unberührt und schön. Nach der Heirat ist es dann meist vorbei, und die langen Haare werden abgeschnitten. Die neue Haube unter der man jetzt ist, soll kurz und zweckdienlich sein. Die Lustigen lassen es sprießen. Einfach so. Meist sind das wollige Locken, die der natürlichen Unordnung frönen und sagen: Ich bin ein Wirrkopf, und kriegen kann mich keiner. Oder man lässt die Haare einfach hängen, weil sie da sind. Dann baumeln sie lustlos herunter und haben keine Meinung. So war es bei Augustine. Ehrgeiz auf dem Kopf war nicht ihre Sache. Es reichte, was sich drinnen abspielte. Als Kind wurden die Haare gebändigt in zwei alberne, dünne Zöpfe. Das Gesicht wirkte dadurch albern und dünn. Das sollte so.

Die Übersteigerung hat sich in einem einzigen Wort zusammen weil das nicht die Ursache fehlte die Anbindung an den eigentlich verstehen ich unent sag antroposophisch welt bis angefangen hat gehandhabt niemals ist hauptfigur rest der abendländischen Kultur gestand haben sondere Tragik das ich verlagert immer ja sagenhaft im heutzutage nicht und auch gesehen westlich gegen wer tagelang im dagewe kahl geschorene ja gestern begab was krisenhaft glas nie metamor huldig raus ich „Du hörst ja nicht zu!" „Doch", sagte sie, und der Schreck fuhr ihr ins Blut. „Ich höre zu. Jede Silbe", und keine gehört zu mir. Der Bruder mit seiner Frau, die Tochter, beide Schwestern, drei Cousinen, Walther und Augustine, alle zusammen gingen zum Familiengrab. Ein Ausflug. Ein heller Tag, die Sonne lag warm auf der Haut, und es roch nach Gras. Sie trafen sich ein Mal im Jahr dort, immer vor dem Tor, um gemeinsam bis zu dem Ort zu gehen, wo Augustines Mutter neben anderen aus der Familie lag. Da standen sie dann alle einen Augenblick, bis sich die Ersten geschäftig an den Blumen zu schaffen machten oder sich in die Nähe auf eine Bank setzten, um zu reden. Einige blieben einfach am Grab stehen und starrten versonnen auf den Fleck, der die Heimat der Mutter, des Onkels oder der Tante sein sollte. Walther und Augustine standen auch dort. Plötzlich machte sie sich von seinem Arm los und sprang hopsend auf den Grabstein der Mutter. Dort machte sie ein paar kecke Schrittchen vor und zurück, so vergnügt, als tanzte sie zu einem Kinderlied. Walther lief zu ihr hin und zog sie sanft vom Grabstein weg. Die anderen waren erschreckt zurückgewichen. „Augustine, das ist das Grab deiner Mutter!", rief die Schwägerin. Augustine blieb ruckartig stehen und starrte die Schwägerin an. Sie hielt sich den Kopf, als hätte man ihr einen Schlag versetzt. Ihr Gesicht verzerrte sich, und augenblicklich flossen Tränen, der Körper zitterte und sie wimmerte: „Meine Mutti ist tot! Sie ist tot, meine Mutti!" Walther nahm seine weinende Frau in den Arm, ging mit ihr zur Bank und strich ihr über den Kopf. Die anderen standen abseits. „Meine Mutti ist tot!", rief Augustine wieder unter Tränen und Walther sprach vorsichtig auf sie ein. „Mein Gott, Augustine, deine Mutter ist doch nun schon zwölf Jahre tot!", rief jetzt eine der Cousinen. Augustine sah auf und blickte fest, erst in die Runde und dann zu Walther. „Tot ist tot und jetzt ist jetzt", sagte sie mit klarer Stimme. Der Blick der Familie sah sie an. „Wir gehen", flüsterte Walther. Er stand auf und zog Augustine an den Schultern zu sich hoch. Arm in Arm verließen die beiden den Ort, der irgendwann auch ihre Heimat sein würde.

Heute, nach zwölf Jahren, hatte Augustine das erste Mal um ihre Mutter geweint.

Erst aufwachen. Die Sonne stört am Morgen. Im Bad ist kein Fenster. Gesicht und Hände waschen, Zähne putzen. Dann in der Küche mit Walther Brötchen essen mit Ei und Kaffee, dann in den Laden gehen und die Plastiktüte nicht vergessen, die Münze in den Einkaufswagen stecken geht schwer, das macht Walther. Dann Nudeln oder Reis essen mit Fleischbällchen oder Tomaten oder Käse, dann Blumen im Park ansehen, dann das Wasser heiß machen, weil sie gerne ein Teechen trinken, Walther nimmt gerne viel Zucker, dann Brote schmieren mit Käse und Wurst, dann gucken, wer der Mörder ist, dann ausziehen und schlafen. Manchmal kommen Leute. Man kann ja nicht immer freundlich sein. Der Kopf tut weh. Das Besteck kann man auch mit dem Handtuch sauber wischen, denn das Wasser kommt zu heiß aus dem Hahn, dem Mann vom Huhn.

Das ist dann der Tag. Wer hat ihn gemacht? Walther findet, dass er so sein muss. Er macht es einfach. Sie machen es einfach, aber darüber muss man nicht reden. Wahrscheinlich muss man nicht aufwachen, nicht essen, nicht schlafen. Es ist nur, weil Walther weiß, wie das geht mit dem Tag.

Irgendwann sieht man sich nicht mehr. Man sieht nicht mehr gut aus oder schlecht, man sieht nur noch aus. Man versteckt sich in Bequemem und Weichem, und die Prothesen, die man sonst brauchte – Nagellack, Schminke, Schmuck –, sind überflüssig, das braucht man nicht mehr, wenn man sich selbst nicht sieht. Wenn die anderen es anders wollen, dann schmücken sie einen, wie man einen Weihnachtsbaum schmückt, dann wird die schwere Kette um den Hals gelegt, die Kugeln sind aus Holz und drücken auf das, was früher Schlüsselbein hieß und heute nur noch ein Knochen ist, und die Ohrringe werden an die Ohrläppchen gequetscht, und das tut weh. Wenn man den Kopf bewegt, wackeln die Gelenke der Befestigungen und man hört sie ganz dicht am Ohr quietschen.

Die Holzkette hat bunte Kugeln. Das Runde ist eine dumme Form. Sie dreht sich nur um sich selbst. Deswegen sieht alles Runde lächerlich aus. Kugeln am Hals, Punkte auf dem Kleid. Die Kugeln sind zu groß und zu bunt, aber so ist das, wenn man sich selbst nicht mehr sieht. Man muss jetzt immer mit der Liebe der anderen rechnen.

Früher tat die Vergangenheit weh, vor allem, weil sie vergangen war. Die Zeit war weg. So einfach war das. Heute ist die Zeit da, aber das Wort ist weg. Die Worte „Zeit" und „Vergangenheit" und „Heute" gibt es nicht mehr. Nicht schön sein, gut sein, klug sein, erfolgreich sein, nur sein. Ein Sein, das kein Wort mehr beschreiben kann. Was die anderen vergessen, ist, dass man auch ohne

Worte ist. Augustine weiß, dass sie ihr das Denken nicht glauben. Aber heute denkt sie ohne Worte. Das ist anders – es fühlt.

Es gibt sie ja nicht, die eigene Geschichte. Wenn man eine Geschichte heute erinnert, ist sie anders, als wenn man sie morgen erinnert. Das Heute und das Morgen sind immer dabei, und das macht die Geschichte immer wieder zu etwas anderem. Sie ist nie, wie sie ist, und bleibt nie, wie sie ist. Die Geschichte ist nicht. Geschichte und Erinnerung sind fragwürdig. Man darf sie nicht glauben. Sie sind das, was wir nur für uns haben, aber sie sind unzuverlässig, weil für andere nicht erfahrbar. Man baut sich ja immer alles neu zusammen, ergänzt, lässt Dinge weg, beschönigt oder dramatisiert die Erinnerung. Augustine konnte das nicht mehr. Vieles, was geschehen war in ihrem Leben, hatte sie so gewollt. Sie hatte es sogar unbedingt so gewollt, mit der Unerbittlichkeit, wie Wollen eben gelebt werden muss, mit dem brutalen Zwang, der dahintersteht. Sie hatte es so gewollt, und es gab keinen Grund zur Klage. Sie klagte auch nicht. Es ist eben nicht nur eine Sache des Wollens, es ist auch eine Sache des Nicht-anders-Könnens. Der Zwang des eigenen Ichs kann sehr stark sein. Warum spricht man darüber? – Es gilt, die Vergangenheit zu überwinden, das Leben zu überwinden, irgendwie. Vieles hätte man gern anders gehabt. So, wie man es weiß, so ist es jetzt, nicht so, wie es war. Und um es zu ertragen, weiß man es freundlicher. Die Überwindung klappt dann besser. Man nennt das „erinnern". Die Vergangenheit ist die eigene Wahrheit, nicht angreifbar. Mein Leben sind die Sätze, die ich darüber bilde. Meine Vergangenheit auch. Vieles hätte ich gern anders gehabt. Ich bilde also Sätze und überwinde das, was ich gelebt habe. Am Ende nur eine Geschichte. Der Wille zum Leben kann ganz verschieden sein. Früher wollte Augustine anders leben als heute. Hauptsache nicht aufgeben, dachte sie immer. Egal, was man macht, der Wille zum Leben, der muss bleiben. Vielleicht ist es ein Opfer. Vielleicht sind all die Kranken eine Vorwarnung, vielleicht die Toten die Opfer für die, die leben. In der Jugend geht es um das Erwerben von Fähigkeiten, im Alter um das Verbergen des Scheiterns. Wenn man jung ist, muss man erfolgreich sein. Dann baut man, kauft man, sammelt man, hortet man, türmt man. Stapel und Meter. Der Besitz ist Erfolg. Man sitzt oben auf dem fetten Haufen, und alle anderen sind unten, und man sieht hinunter und erinnert sich, wie es war, als man gebaut, gehortet und getürmt hat. Der Haufen schwankt, weil er so hoch ist, und die unten sind klein, vor allem aber weit weg, und man ist allein. Man fühlt sich nicht gut, denn man sitzt da, ob der Massen, die man unter sich hat. Man schafft es nicht allein herunterzusteigen, ist unbeweglich. Der lästige Haufen so hoch und man selbst, je länger und fleißiger man gebaut hat, so alt. Man braucht dann jemanden, der einem hilft, vom Haufen wieder herunterzukommen, denn man weiß, man muss zurück in die Erde. Stück für Stück führt man den Stolz der Jahre zurück auf ein menschliches Maß, das man verloren hatte. Wenn das das Leben für den Obensitzer war, ist es gescheitert. Jetzt abbauen, wegschmeißen, verkaufen, abstoßen, weggeben und absteigen. Was gut für den, der jung ist, ist schlecht für den, der alt ist. Das Leben ist nur unter Vorbehalt zu ertragen.

Vergangenheit aus Papier, Kartons voll, verstreut im Zimmer. „Was machst du mit den Fotos?", fragte Walther. Augustine nahm jedes Foto einzeln in die Hand und betrachtete, was sie sah. Der blaue dicke Stift kam, wenn jemand nicht dazugehörte. „Den kenn ich nicht." Und dann kam der Stift. „Den auch nicht." Mit dem blauen dicken Stift malte sie sorgfältig ein vollformatiges X auf das Bild, das niemanden zeigte. Der Filzstift schmierte und stank giftig, je mehr sie malte. Aber sie musste das machen. Da waren so viele

Leute auf den Bildern, die sie nicht kannte. Gut, dass der Stift so dick war und blau. Augustine nahm ein Foto und nannte die Namen derer, die darauf zu sehen waren, und wenn einer keinen Namen hatte, machte der weiche dicke Stift sie weg. Viele Leute hatten keinen Namen.

Warum hat man keinen Namen? Nach vielen Xen hörte sie auf. Die Vergangenheit blieb liegen. Tage später setzte sie sich wieder an den Tisch: „Kenn ich nicht." Und das X markierte, dass die Beziehung vorbei war. Zwischendurch sortierte sie Fotos beiseite, ausgestrichen oder nicht, sie hatte ihre eigene Bewertung. „Was machst du?", fragte Walther wieder. „Ich ordne", sagte sie glücklich und malte ein neues X. Die Vergangenheit wurde licht. Nach sechs Wochen lag auf dem Tisch noch ein Foto: Richard, als kleiner Junge, lachte in die Kamera. Dünnes, papierenes Leben. Augustine sah in den Spiegel, blind wie er war. Der Spiegel zeigte nichts mehr, und der stumme Mund sagte nichts mehr. Nur Haut und Hände sprachen jetzt mit ihr. Ich will in die Erde. Will in den Schoß der Erde, in den Schoß der Mutter Erde. Ich weiß nicht, ob die Mutter will, wenn ich mit leerem Mund komme, ohne Worte. Die Mutter mochte keine Leute ohne Worte. Und jetzt komme ich und habe nichts. Aber Mutter ist tot. Sie liegt weich in der schwarzen Erde. Da sieht man nichts, und man kann dort liegen, heimlich und stumm, keiner sieht den leeren Mund, und Mutter wird nichts sagen.

Ich war immer Du selbst. Das Du größer als das Ich. Das Du hat es nicht gesehen, das Ich war fern im Außensein. Es irrte umher und umkreiste das blinde Du. Mein Innen-Ich war hohl, sang nur die Lieder der anderen.

Sie liegt weich. Warm. Die Decke, auf der ihre Hände liegen, ist nicht die Decke an der Wand, wo jetzt die Augen darauf ruhen. Da sehen sie nichts, nur Weiß und Flecken, die wie Muster aussehen, oder Muster, die wie Flecken aussehen, nicht Blumen, die man erkennen kann. Wenn man genau hinsieht, seine ganze Aufmerksamkeit auf eine Stelle richtet, dann gibt es leere Augen oder stumme offene Münder. Jetzt aber sucht sie Blumen. Ohne Geburtstag keine Blumen. Dann aber ganz viele, alle auf einmal. Das muss dann auch reichen. Jedes Jahr muss es reichen. Es gibt keine Einfach-so-Blumen, kein Einfach-so. Das macht doch keinen Sinn.

Auf dem Boden stand ein Ungetüm. Es war groß, blau, fleischig und ziemlich weit unten. Es will etwas zu fressen. „Möchtest du dich setzen?“ Augustine nickte. Setzen klang angenehm. Sie stand da und schaute ratlos hinunter auf das Vieh. „Ja, gut, dann … Du musst dich umdrehen.“ Robert nahm sie zart an den Schultern und drehte ihren Körper, bis sie mit dem Rücken zum Sessel stand. Sie ließ sich führen, wie beim Tanz. „Und jetzt setz dich.“ Sie blieb stehen und bewegte sich nicht. „Du musst den Po absenken. Die Knie eindrücken und den Po absenken, guck, so.“ Robert ging in die Knie und sie machte es wie er. „Und jetzt tiefer, tiefer.“ „Nein!“, schrie sie. „Nein, ich falle, ich falle!“ „Du fällst nicht, ich halte dich, sieh', hier ist mein Arm, hinter deinem Rücken, hier ist mein Arm, merkst du, dass ich dich halte? Ich halte dich fest, und jetzt ganz langsam, komm.“ „Ich falle, nein, nein! Ich falle!“ Robert stand seitlich neben ihr und sprach auf sie ein. Sie gingen langsam gemeinsam in die Knie, immer weiter hinunter, und sie klammerte sich an seine Arme und wimmerte. „Du brauchst keine Angst zu haben. Ich bin da. Du kannst nicht fallen. Sieh mich an, sieh zu mir herüber, sieh mich an. Hier ist mein Arm, siehst du, hier ist mein Arm.“ Schließlich plumpste sie in den Sessel. Dort blieb sie so sitzen, wie sie aufgekommen war und bewegte sich nicht. Sie saß leicht schräg, unter ihr ein Kissen, das Robert vorher nicht weggenommen hatte. „Das sieht ein bisschen unbequem aus. Ist das gut so?“ „Ist gut. Ist gut so.“ Augustine saß und lächelte schief. Robert zog unter ihr vorsichtig das Kissen weg. Es war nicht einfach, denn Augustine war schwer, und sie klammerte sich ängstlich an den Armlehnen fest. Es dauerte einen Moment, und sie rutschte mit dem ganzen Körper nach vorn, bis sie beinahe lag. „Jetzt musst du noch mal mit dem Po nach hinten, damit du bequem sitzt.“ „Nein, ist gut so“, bettelte sie, und man hätte es glauben wollen, wenn man nicht gesehen hätte, wie unbeholfen sie auf diesem Sessel klemmte. „Du musst dich abstützen, mit den Armen, dann kann ich dich besser hochziehen.“ „Nein! Du tust mir weh“, stöhnte Augustine und schlug Robert mit kurzer Geste ins Gesicht. „Ich will dir nicht wehtun“, sagte er kleinmütig und strich ihr zart über die Wange. So zerrten und rückten sie noch eine Weile, und dann endlich saß Augustine erschöpft und ganz tief unten im Sessel. Das Ungetüm hat zu fressen bekommen.

Man steht höher, wenn man auf sein Leid tritt. Das hatte Augustine als Kind gelernt. Es war eine nur manchmal ausgesprochene, heimlich gelebte Regel, die das Durchhalten rosa färben sollte. Danach würde die Belohnung, das Höherstehen, kommen. Höher, höher, noch höher und besser als andere. Wie hoch sollte man stehen? Welches Lied sollte man da oben singen und für wen?

Hatten all diejenigen, die höher standen, mehr gelitten als die anderen? Und ist mit Höherstehen die Gleichsetzung von stummem Ertragen und moralischer Größe gemeint, Aushalten als erklimmenswerter Berg der Tugend? Das Lied des Leidens muss ein Stummes sein. Es gehört zum Leid dazu, dass man nichts sagt. Ein guter Leidender ist ein stummer Leidender. Aber auch, wenn man sein Leid mit Füßen tritt, steht man da oben einsam. Das Stummsein hat seinen Preis. Augustine war stumm und sie war allein. Den Berg, auf dem sie stand, konnte sie nicht sehen. Die Höhe auch nicht.

Im Kopf waren zerhackte Bilder und Worte. In einem Moment litt sie daran und versuchte, die Fetzen zu einem Stück zusammenzufügen, um irgendeinen verdammten Sinn zu finden. Im anderen Moment nahm sie das wirre Geflimmer im Hirn an, nicht als Haltung, sondern als Folge ihres Vergessens. Es war klar: Sie konnte mit sich nicht mehr rechnen, und ob sie auf einem Berg stand und wie hoch er war, spielte für sie keine Rolle mehr. Da waren kein Berg und kein Tal mehr, kein

Leid, auf das sie hätte treten können, denn sie selbst war das Leid. Ihr Kopf und das ununterbrochene Flimmern, dauerhafte Unruhe im Innern ohne Ausrichtung, ohne Wertung, ohne Folge, in Einzelbestandteile zerhackte Gedanken- und Bildfetzen, die im überforderten Ich umherirrten. Sehen und Denken waren ohne Bewusstsein. Augustine dachte nicht, erinnerte sich nicht, sie plante nicht und sie erwartete nicht. Es gab Klänge und einzelne Töne, es gab laut und leise, es gab salzig, sauer, süß, bitter, es gab hell und dunkel, kalt und heiß, weich und hart, stumpf und spitz. Augustine nahm es auf und lächelte, erschrak oder weinte, aber sie wusste nicht, dass sie es war, die all dies wahrnahm und fühlte. Ich spreche nicht mehr, ich weiß nichts mehr. Ich trage das Gift des Haders in mir, mein vergifteter Kopf mit einem Fuß im Grab. Das Gift hat die Worte im Hirn ersetzt, das ist mir nicht lieb. Der Hader hat sich wie ein Freund bei mir eingenistet, aber er darf nicht mein Freund werden, darf es nicht sein. Er begleitet mich schlecht, flüstert mir Bitternis ins Ohr. Hader sagt, alles ist besser als das, was ist. Hader sagt, alles ist schlecht, was war. Vergiss alles, was du erinnerst, sagt Hader, und wenn ich frage warum, sagt er: Vergiss es, es sind schlechte Bilder. Hader vergiftet Bilder und Worte und wenn ich stumm bin, streut Hader mir Zucker auf die Lippen und sagt, das Leben ist süß. Ich ahne, dass Hader mein Freund ist. Dabei hadert er alles kaputt. Ich merke genau, wie sich sein bitteres Gift ausbreitet in meinem Kopf. Da schwirren immer hadernde Fragen: Warum ist es so passiert? Warum mit mir? Seine Fragen sind Gift, weil es keine Antworten gibt. Aber er lässt mich immer wieder fragen, das giftige Fragen nach dem Warum. Es macht alles kaputt im Kopf. Ich weiß nicht, was zuerst kaputtgeht, die Bilder oder die Worte. Bei uns darf aber nichts kaputtgehen. Alles muss immer heil bleiben. Alles muss gesund sein, jung sein. Aber mein Kopf ist kaputt, und der Hader sagt, das darf keiner wissen. Das Kaputtgehen muss heimlich sein, sonst machen sie dich kaputt. Ich will aber nicht über mein Kaputtgehen schweigen. Denn wenn ich kaputt bin, schweige ich sowieso. Das versteht der Hader im Kopf nicht, der schlechte Freund, der Gift streut.

Über andere reden ist schmutzig. Augustine mochte das nicht. Andere reden über andere nur schmutzige Dinge. Alles wird in den Dreck gezogen und da liegt es dann, für immer. Wenn man schon mal im Dreck liegt, kann man sich nie wieder reinwaschen. Und da alle über alle reden, reden alle Dreck und sind alle Dreck. Meine Liebe ist weiß wie der Winter. Bei Augustine war er jetzt endgültig eingebrochen. Die Worte eingefroren und auf dem Kopf eine karge weiße Winterlandschaft. Immer, wenn sie am Tisch sitzt, öffnet sie die Schublade. Sie sieht interessiert hinein. „Ach", sagt sie, „da habe ich ja einen Zettel drin, was steht denn da?" Sie liest laut und langsam: „Mittwoch, 23. Februar 18 Uhr, Krankengymnastik, Donnerstag, 24. Februar, Mittagessen bei Gisela, Samstag, 26. Februar 19 Uhr, Museumskonzert..." Dann nimmt sie einen Stift heraus und legt ihn wieder hinein. Sie schließt die Schublade zufrieden. Nach wenigen Augenblicken öffnet sie die Schublade wieder. Sie sieht interessiert hinein. „Ach", sagt sie, „da habe ich ja einen Zettel drin, was steht denn da?" Sie liest laut und langsam: „Mittwoch, 23. Februar 18 Uhr, Krankengymnastik, Donnerstag, 24. Februar, Mittagessen bei Gisela, Samstag, 26. Februar 19 Uhr, Museumskonzert..." Dann nimmt sie einen Stift heraus und legt ihn wieder hinein. Lächelnd schließt sie die Schublade. Nach kurzer Zeit öffnet sie die Schublade. Sie sieht neugierig hinein. „Ach", sagt sie, „da habe ich ja einen Zettel drin, was steht denn da?" Sie liest laut und langsam: „Mittwoch, 23. Februar 18 Uhr, Krankengymnastik, Donnerstag, 24. Februar, Mittagessen bei Gisela, Samstag, 26. Februar 19 Uhr, Museumskonzert..." Dann nimmt sie einen Stift heraus und legt ihn wieder hinein. Sie schließt die Schublade. Kurz danach öffnet sie die Schublade wieder. „Ich denke gern in Schubladen“, sagt sie und lächelt zufrieden, „Sie sind warm.“ Nach wenigen Augenblicken öffnet sie die Schublade wieder. Sie sieht interessiert hinein. „Ach“, sagt sie, „da habe ich ja einen Zettel drin, was steht denn da?“ Sie liest laut und langsam: „Mittwoch, 23. Februar 18 Uhr, Krankengymnastik, Donnerstag, 24. Februar, Mittagessen bei Gisela, Samstag, 26. Februar 19 Uhr, Museumskonzert …“ Dann nimmt sie einen Stift heraus und legt ihn wieder hinein. Sie schließt die Schublade. Früher war das Haus voll. Jetzt ließen die Besuche nach. Ein erschöpfter Walther und eine stammelnde Frau. Kein Genuss.

Augustine saß im Gemeinschaftsraum mit ihren Mitbewohnern im Heim, fast nur Frauen. Es war der erste Advent, und die Männer kamen zu Besuch.

Jetzt, wo Augustine scheinbar nichts mehr als ein abseitiges Lächeln oder ein paar wenige verlorene Satzbrocken zustande brachte, war sie überlegen. Sie war zufrieden, hatte alles, was sie brauchte. Milde sah sie auf die, die mitleidig auf sie sahen und die pausenlos ihre Kraft nach außen bliesen und nach Luft schnappten und deren Atem immer kürzer wurde. Und den wenigen Leuten, die manchmal zu ihr kamen, denen schien sie endlich zu genügen. Sie war keine mehr von ihnen, keine Bedrohung mehr, war nichts mehr, sie war, im Gegensatz zu früher, nicht einmal die leiseste Missbilligung wert – da konnte man gnädig sein und von oben herab zu ihnen hinuntersteigen und das eigene schlechte Gewissen durch spärliche Besuche bedienen, die im Nachhinein für doppelt so lang erklärt wurden, wie sie tatsächlich waren. Da waren sie alle plötzlich frei und plauderten wild und offen, denn Augustine, die hörte es ja nicht. Eine Dame, die im Rollstuhl saß wie sie, rief immer wieder „Hallo!" in den Raum, ob jemand kam oder nicht. Sie rief einfach „Hallo!", als begrüßte sie jemanden, auf den sie gewartet hatte. „Hallo!", rief sie, und ihr Mann saß dabei, in sich gekehrt und stumm. Einen kurzen Moment blickte sie erwartungsvoll in die Runde, lächelte, um danach wieder in sich zusammenzusinken und minutenlang nichts zu sagen, so lange bis sie wieder „Hallo!" in den Raum rief und sich umsah. Immerwährende ungestillte Erwartung. Warum kam ihr Mann eigentlich? Es gab kein Anzeichen von Innigkeit, nur, dass sie sich gegenübersaßen, ohne ein Wort zu sprechen. Wenn er, immer sonntags, artig um die gleiche Zeit den Raum betrat, schien er stattlicher, als wenn er ging. Eine andere Dame, die immer auf derselben Bank saß und mit den Händen in Augenhöhe Figuren formte, bekam häufiger Besuch von ihrem Mann. Er suchte ihre Nähe, indem er sich neben sie auf die Bank quetschte, die eigentlich zu schmal war für den Dicken und sie. Wenn eine der Mitbewohnerinnen neben ihr saß, musste der Platz unter Geschrei für ihn frei gemacht werden. Er ließ sich das nicht nehmen. „Es ist mein Recht!", sagte er. Die Dame mit den Händen sprach ganz normal, aber jedes Wort mit Nachdruck. Im Nebenraum schrie eine Frau immer wieder plötzlich auf, und die Dame mit den Händen goutierte das nicht. „Da muss man doch was unternehmen! Das ist doch unmöglich, dass eine so schreit. Die muss doch ruhig gestellt werden!" Sie saß auf jedem Wort. Der Mann war betroffen. Er zischte leise zu seiner Frau. „Ich bin doch ruhig. Aber die da nebenan ist nicht ruhig. Die muss man wegschaffen, wenn die so einen Krach macht", sagte sie scharf und formulierte Zeichen in die Luft; konnte ihre Hände nicht stillhalten. Der Mann saß kleinmütig neben ihr und wartete, bis das Essen kam, denn dann durfte er gehen. Er kam alle drei Tage und saß maulfaul neben seine Frau gequetscht, ohne sie anzusehen. Es wurde allgemein wenig gesprochen.

Wenn man die Paare so nebeneinander sitzen sah, begriff man, dass die Sprache bei ihnen schon lange verloren war.

Diese Paare, die sich sicher schon jahrelang kannten, saßen nebeneinander, nicht beieinander. Wie Augustine irgendwo gesessen hatte mit Walther, jeder allein. Sie sprachen über Dinge, die Augustine nicht interessierten und umgekehrt. Am Ende ihres Lebens blieb die unbedingte Einsamkeit die einzige Möglichkeit, egal welche Bedingungen damit verknüpft waren. Sie hatte sich diese Bedingungen nicht ausgesucht, aber jetzt waren sie so. Vielleicht war es eine Lösung, der sie sich heimlich angenähert hatte, weil es der einzige Weg war, sich von allem zu befreien, weil es die einzige Möglichkeit war, zu ihren ureigenen und unbeeinflussten Gefühlen und Gedanken zu kommen. Erinnerungen vergessen, alles vergessen, was man einmal gelernt hat im eigenen Leben. So, als könnte man durch Vergessen eine andere werden. Ist man eine andere, wenn man nichts mehr weiß? Die Tür ging auf und wieder zu. Augustine schreckte zusammen. Neben ihr saß Frau von Wolf, auch sie fuhr zusammen und lächelte dann schuldbewusst. Augustine sah zu ihr hinüber, und Frau von Wolf sagte: „Ist nicht schlimm." Abends weinte sie oft, und man wusste nicht warum. Ein paar Monate später wurde sie verlegt, weil sie nur noch schrie. Das Lächeln war vorbei und das Sich-Zusammennehmen auch. Da blieb nur noch das Schreien. Der Tisch wurde gedeckt. Zwei junge Männer teilten Teller und Besteck aus. Es war laut im Raum, obwohl kaum gesprochen wurde. Ein leerer Teller fiel scheppernd und klackend zu Boden, es war ja nur Plastik, und der eine junge Mann kroch vergnügt unter den Tisch und machte von unten aus Scherze. Augustine, Herr Fleige und ein paar andere sahen vor sich hin, Frau von Wolf war lächelnd irritiert, und ihre Freundin, Frau Falkenberg, nahm auch einen Teller und warf ihn zu Boden. Sie war ein Anarcho. Der junge Mann musste vier Mal unter den Tisch kriechen und Teller raufholen. Frau Falkenberg schien dabei wenig Spaß zu haben. Vielleicht war ihr langweilig. Das Essen wurde verteilt. Jeder bekam etwas anderes. Frau Falkenberg aß kein Fleisch, Herr Fleige konnte nicht kauen und bekam nur Brei, aber er kam mit dem Löffel nicht zurecht, also nahm er die Gabel, und der Brei lief durch die Zinken. Frau von Wolf sah interessiert zu, wie Herr Fleige sich mühte. Jetzt kam der Pfleger und fütterte ihn, so wie immer. Für Frau von Wolf hatte man das Fleisch klein geschnitten, und statt Gemüse gab es Nudeln. Sie hatte in den letzten Wochen so viel abgenommen, dass sie mehr essen sollte. Frau Falkenbergs Teller blieb jetzt oben, dafür aber ließ Frau von Wolf ihr Essen langsam über die Tischkante in ihren Schoß gleiten. Dass es heiß war, schien sie nicht zu stören. Erst merkte es niemand, aber dann schrie die Anarcho laut auf und grabschte in die Nudeln auf dem Schoß ihrer Nachbarin. Der junge Mann wischte auf. Frau von Wolf wurde mit dem Rollstuhl in ihr Zimmer gefahren. Nach einer Weile kamen sie zurück, und jetzt hatte sie eine Blumenwiese auf dem Kleid. Der junge Mann schob sie an einen Extratisch und sie bekam neue Nudeln. Diesmal aß sie. Bevor sie anfing, wollte sie, dass man ihr ein Handtuch auf die Blumenwiese legte. Alle anderen waren mit dem Essen schon fertig. Nach dem Essen saßen alle noch zusammen und sangen „Der Kuckuck und der Esel". Dieses Lied wurde sechs Mal gesungen. Herr Bahl, der abends zum Musikmachen kam, spielte Akkordeon, und alle fingen immer wieder von Neuem an zu singen. Nach dem fünften Mal weinte Frau Falkenberg, und Frau von Wolf rollte mit ihrem Rollstuhl von ihr weg. Sie saß jetzt zwischen Augustine und Herrn Fleige. Frau Falkenberg weinte weiter, bis ein Pfleger kam und ihr frische Erdbeeren mit Sahne brachte. Jetzt spielte Herr Bahl „Der Mond ist aufgegangen".

Augustine sang nicht mit, sie lächelte nur und wippte mit dem Fuß. Herr Fleige wollte auch Erdbeeren, aber sie waren alle, und er meckerte. Frau Falkenberg meckerte, weil Herr Fleige meckerte. Frau von Wolf meckerte, weil Herr Fleige und Frau Falkenberg meckerten. Herr Bahl spielte „Guten Abend, Gute Nacht" und alle sangen mit. Danach wurden alle in ihre Zimmer gebracht. Es war halb neun, Augustine lag in ihrem Bett und war zufrieden. Nachts wachte sie auf und weinte.

Sie saß auf der Bank. Viele Leute hier. Sie saß. Der Schnee tat ein bisschen weh. Sie spürte ihn durch die Schuhe. Sie stand auf, irgendwo war Walther. Die Tasche stand auf der Bank. Lieber da gehen, wo der Schnee wenig ist. Plötzlich war es laut. Ein Mann kam aus dem Auto und nahm sie an den Rand, wo Schnee war. Sie kannte den Mann nicht. Er war nett. Sie war wirr und weinte. Der Mann wartete mit ihr ein bisschen, dann ging sie. Das Haus kannte sie nicht. Sie kannte alles nicht. Die Hände waren steif. Wasser tropfte aus der Nase. Alles war schwer. Die Luft war kalt im Hals. Langer Weg. Wasser kam aus den Augen. Es machte blind. Der Schnee tat weh. Weg vom Schnee! Es war laut in den Ohren. Die Autos standen und sie dazwischen. Immer mehr kam aus den Augen, aus der Nase. Alles Wasser. Sie kannte den Weg nicht. Walther! Ich habe eine Tasche am Hals. Die Frau neben ihr las, und dann gingen sie ins Auto. Die Frau sagte: Ich bringe Sie heim. Im Auto kein Schnee.

„Das ist anders als das", sagte Augustine zu Walther. „Es ist blau", sagte er. „Ja." Sie lächelte. „Und das ist anders." „Es ist weiß. Das ist weiß, und das ist blau." „Na, hör mal, das weiß ich doch", sagte sie und lächelte. Abends tat ihr der Mund weh. „Das ist anders", sagte sie wieder. Walther nickte. „Es ist rot." „Rot, ja." Farben waren nur noch anders. Man darf ja nicht sagen, man hat Angst. Angst nährt die Angst, hat Augustines Mutter gesagt. Man darf das ja nicht sagen, aber man fühlt das. Merkt die Angst, dass sie da ist? Was weiß die Angst von sich? Wie gut kennt sie sich selbst?

Wenn ich aufklatsche, dann bleibt ein kleiner hellroter Blutfleck. Wenn Harald aufklatscht, ein großer, farbloser Fleck aus Fett. Bei Walther ist es ein kleiner dunkelbrauner Blutfleck, der sich, kaum auf dem Boden angekommen, damit vereint, und dann ist nichts mehr davon zu sehen. Jeder hört mit einem Knall auf. Manche bereiten ihn vor, andere nicht. Aber jeder Knall ist plötzlich, egal wie lange die Vorbereitung dauert.

Draußen sein ist das Schlimmste. Man muss drin sein. Im Leben muss man drin sein.

Viel. Vieles ist unwichtig. Man hat es doch ...
... ist dann nicht nötig ...
... vielleicht ein ...
oder eine Brosche ... einen Absatz ... und machen die Füße größer
... Schuhe ... nicht wichtig ...
Schuhe sind für eine Frau
... wirken sie fast, nicht etwa
... etwas ... aber ...

Aber
gab' die ...
... ausdrück...
sieht man die ...
Veranlagung
in jedem Fall über ...
irgendwie nicht

so

Sie merkten es aber.

Leiden

sie wurde in den ...
... sie ...
... bekommt den ... den Kopf ...
... holen sie ...
... können.
Sie fragt ihre Mutter dafür
die Abende. Und die Nächte.
... erwachte, kaum dass die Mutter ...
... Haut drang. ... fast ...
... stieß. Mit ...
... auf die Haut und ...
... und tastete über das Gesicht der Tochter ...
... als würde ...
... und Wut ... weil sie wusste, ...
... endlich ein Ende zu setzen. ...
... die Mutter ...
... und der Kopf ... zur Seite. ...

ach wenn ... start
... Flache
... zu große Tiefe
... werden ...
aber ... sehr ...
... den ...
doll Das wirkt
Strumpfhosen
blau
die Beinen die
müssen Widdicht ein ...
Ader — die ... der ...
... alter ...
Liebe

es ist hübsch, aber
wirkt irgendwie unelegant
kann ich es ... Mal sehen
und dann zupfe
gestäuft ... an
auf
Jede Locke, ...
geht und quatscht
und quatsch
mit einem ... zu spontan
Luft an ... der Kinn
dann hart gegen das Kinn der Zipp...
nicht kreischend nach hinten
immer liegen. Man braucht
Vieles ist nicht notwendig.

Die [illegible] Haare liegen wie eine [illegible] De...
sie decken zu. Aber die Art der [illegible]
Die Zwanghaften [illegible] legen sich die
Zöpfe um den Kopf und ...
Wäre der Kopf ein Hals, die Luft wär...
aber bleiben [illegible] die Gedanken be...
es kann nichts Dummes ...
schlichter nach draußen gela...
Die Albernen lassen [illegible] ihre ...
Haare machen irgendwas Frech...
Richtungen ab. [illegible] da helfen
Zöpfchen.
Das ist auch was für
nicht einzelne wol...

berlin, märz 2019
erschienen in der reihe **unpublished** band 1 und 2
lektorat: ingrid kaech, berlin
druck: medialis offsetdruck gmbh, berlin
satz: achim bodewig, karlsruhe
printed in germany
ISBN 978-3-9818357-3-1